巧读语文名作

爱丽丝漫游奇境记

（思维导图彩绘版）

原著/［英］刘易斯·卡罗尔
文字/孙尚前　杨　眉
绘画/周嘉莹

连環画出版社
北京

图书在版编目（CIP）数据

爱丽丝漫游奇境记：思维导图彩绘版 /（英）刘易斯·卡罗尔原著；周嘉莹绘画；孙尚前，杨眉文字. -- 北京：连环画出版社，2024.9
（巧读语文名作）
ISBN 978-7-5056-4120-4

Ⅰ.①爱… Ⅱ.①刘… ②周… ③孙… ④杨… Ⅲ.①阅读课－小学－教学参考资料 Ⅳ.①G624.233

中国国家版本馆CIP数据核字(2024)第045701号

巧读语文名作
QIAODU YUWEN MINGZUO

爱丽丝漫游奇境记
AILISI MANYOU QIJING JI

思维导图彩绘版
SIWEI DAOTU CAIHUI BAN

编辑出版　连环画出版社
　　　　（北京市朝阳区东三环南路甲3号　邮编：100022）
　　　　http://www.renmei.com.cn
　　　　编辑部：（010）67517667
　　　　发行部：（010）67517611

原　　著　[英]刘易斯·卡罗尔
文　　字　孙尚前　杨　眉
绘　　画　周嘉莹
责任编辑　管　维
装帧设计　翟英东
责任校对　白劲光
责任印制　王建平
制　　版　人民美术出版社印制设计部
印　　刷　北京印刷集团有限责任公司
经　　销　全国新华书店

开　本：787mm×1092mm　1/16
印　张：10.25
字　数：21千
版　次：2024年9月　第1版
印　次：2024年9月　第1次印刷
ISBN 978-7-5056-4120-4
定　价：30.00元

如有印装质量问题影响阅读，请与我社联系调换。（010）67517784

版权所有　翻印必究

导　读

杨眉／文

小朋友，你爱做梦吗？你在梦里发生过奇幻故事吗？如果你做了奇怪的梦，你会讲给别人听吗？

19世纪英国作家刘易斯·卡罗尔就记录过一个名叫爱丽丝的小姑娘在梦中发生过的有趣的故事，这本书的名字叫——《爱丽丝漫游奇境记》。

一天，爱丽丝和她的姐姐在河边看书。爱丽丝觉得书太无聊了，就进入了梦乡。爱丽丝发现了一只揣着怀表、会说话的白兔。她追赶它，不小心掉进了一个兔子洞，却偶然发现了一个美丽的花园。在这个花园里，吃了不同的东西能够变大变小，比如：喝一口水就能缩得如同老鼠大小，吃一块蛋糕又会变成巨人……如果有能够变大变小的食物，你愿意吃吗？

先变大又变小的爱丽丝掉进了由自己的眼泪积成的眼泪池,在那里她遇到了渡渡鸟、鹦鹉和小鹰。他们一起比赛跑,究竟谁赢了呢?然后,爱丽丝又去了白兔的家,她看到了一瓶"喝我"的饮料,你猜她会喝下去吗?爱丽丝来到了公爵夫人的家里,看见了夫人一直对着她抱着的婴儿大吼大叫。爱丽丝不忍心,就把婴儿抱走了。走着走着,她发现那个婴儿居然是只猪……

爱丽丝又进入一个开在树上的门,她又走回了

小花园。她遇到了扑克牌黑桃五、黑桃二、黑桃七，还有脾气粗暴的红桃王后。爱丽丝和红心女王打了一次槌球，但是球棒是用红鹤做的，球是用刺猬做的，而球门却是用人做的……

一路上，爱丽丝做了很多好事：她帮助兔子寻找丢失的扇子和手套，还帮三个园丁躲避红桃王后的迫害，她还在荒诞的法庭上抗议国王和王后对好人的诬陷。

在这个奇幻疯狂的世界里，只有爱丽丝是清醒的，她不断探险，又不断问自己"我究竟是谁"。在奇幻的探险中，爱丽丝终于成长为一个"大"姑娘。

你喜欢爱丽丝吗？你愿意成为像爱丽丝一样善良友爱又勇敢无畏的人吗？希望你在阅读这本书的时候，能够有更多更好的发现。

作者

刘易斯·卡罗尔，英国名数学家、逻辑学家、童话作家，曾在牛津大学任教，被誉为"现代童话之父"。

爱丽丝漫游奇境记

文学价值

主题

儿童文学的想象性

作者通过奇幻荒诞的情节，创造出一个妙趣横生的想象世界。

逻辑思辨

作者的数学及逻辑学专业背景使本书充满了逻辑思辨理趣。

幽默与讽刺

童话中充满幽默与讽刺。文字风格轻松、幽默，充满了种种笑语或双关语。

创作背景

19世纪英国维多利亚时期的社会弊病

善良

帮白兔找扇子和手套

奇幻

兔子洞　眼泪池　槌球比赛　假海龟　龙虾方阵舞

勇敢和正义

在荒诞法庭上抗议国王和王后

目 录

掉进兔子洞　　　001

眼泪池　　　015

白兔派小壁儿进屋　　　033

猪娃和胡椒　　　055

假海龟的故事　　　091

龙虾四对方阵舞　　　107

谁偷吃了水果馅儿饼　　　119

爱丽丝的证词　　　131

语文园地　　　147

Ailisi Manyou Qijing Ji

掉进兔子洞
Diao jin Tuzi Dong

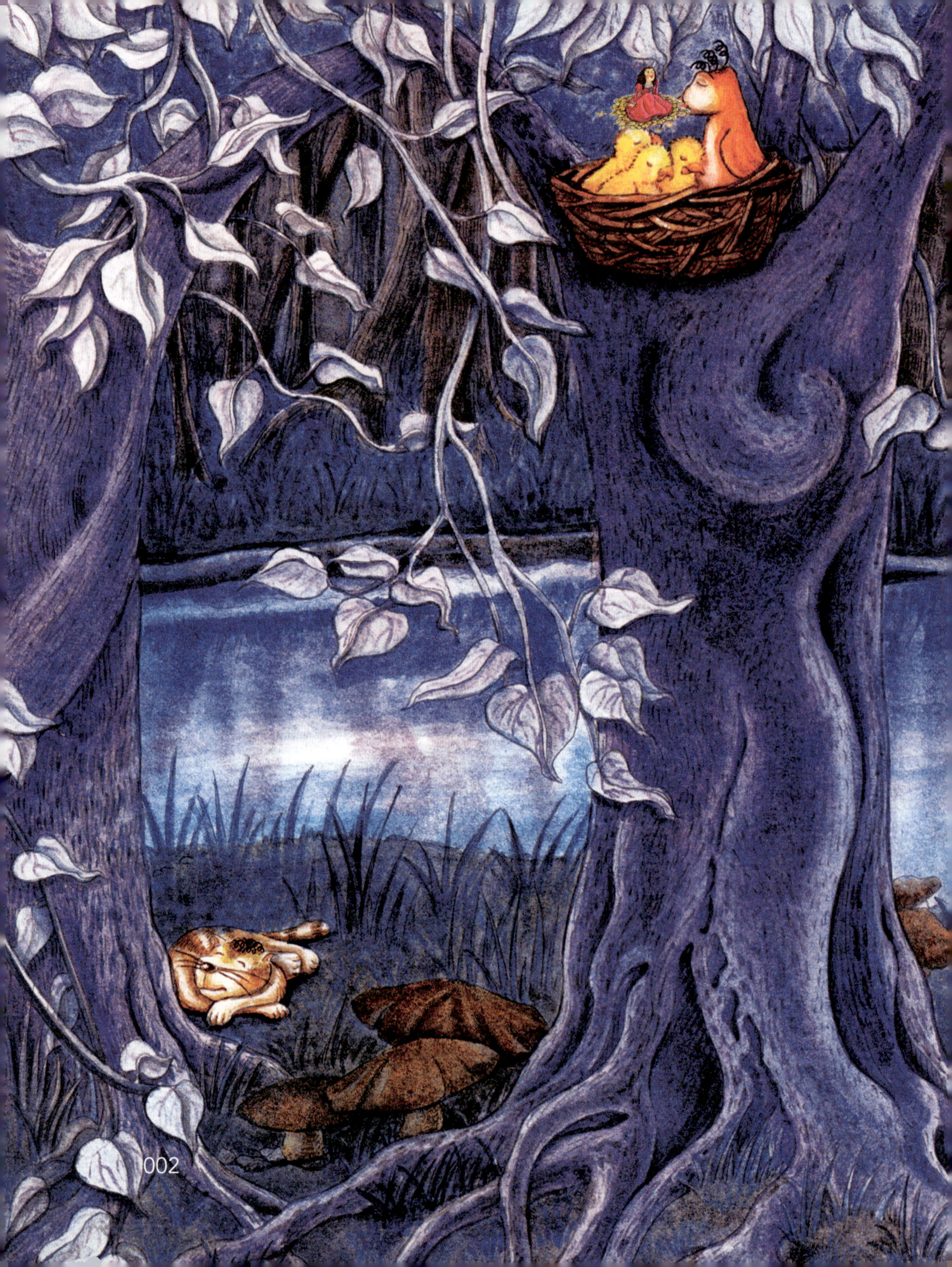

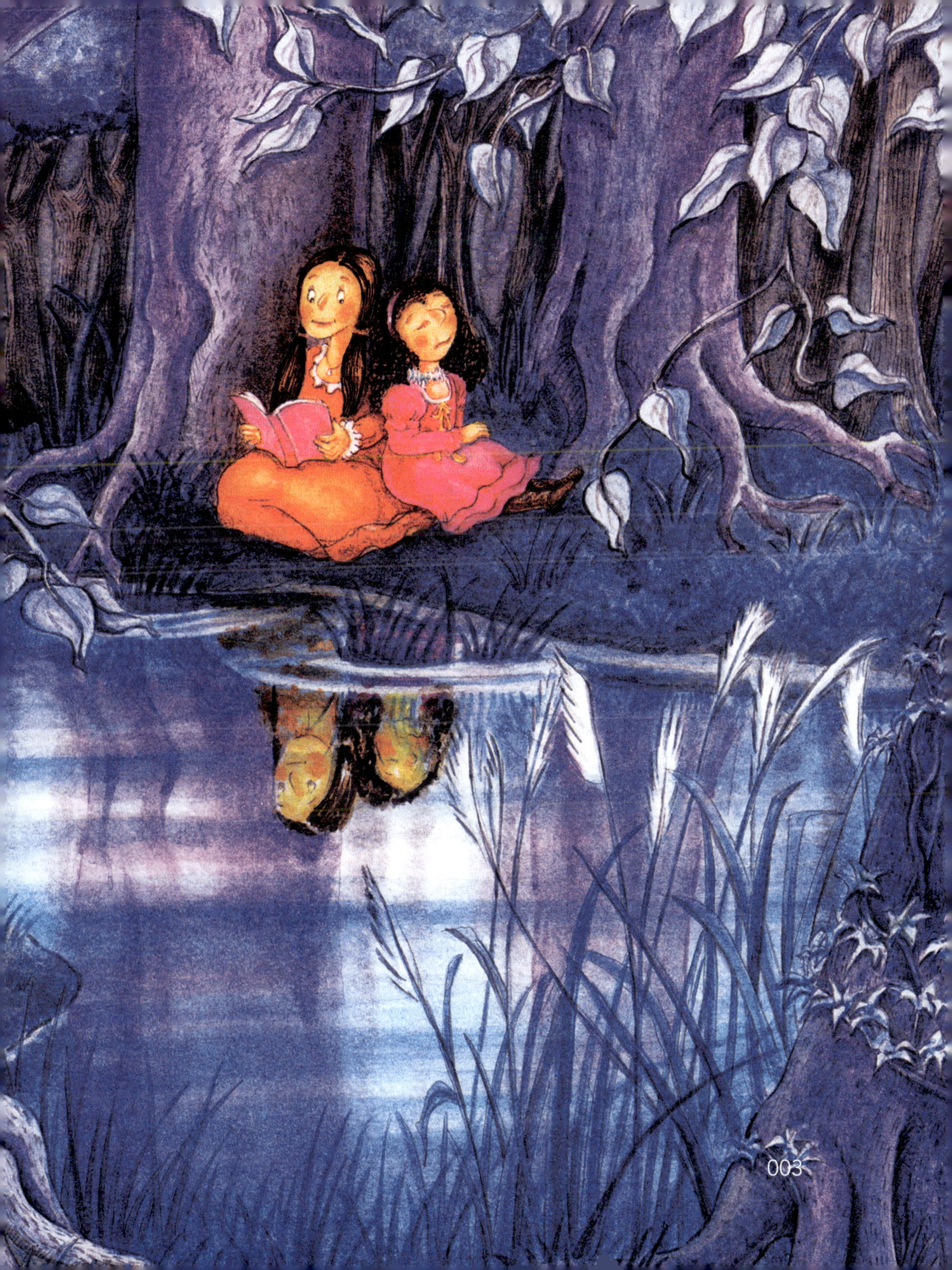

小爱丽丝挨着姐姐，坐在河边，没有事情做，觉得真没意思。看了一眼姐姐正看着的书，没图画，也没对话，她想：一本书没有这些，有什么意思呢？

在这样热的天气里，她有点儿困了。这时候，突然从她身边跑过一只红眼白兔，它一边跑一边说："哦，天啊！天啊！要迟到了。"爱丽丝当时并没觉得这有什么奇怪的，可是这只兔子后来竟从它的背心口袋里拿出一块怀表看时间。爱丽丝这时感到奇怪了，她可是没见过兔子有背心口袋和怀表的。

于是爱丽丝开始追这只兔子。兔子不一会儿就钻进了一个兔子洞，爱丽丝好奇地跟了进去。

掉进兔子洞
Diao jin Tuzi Dong

兔子洞本来是直直地向前的,可是却忽然斜下去了,爱丽丝什么都来不及想就掉了进去,她感觉自己像是掉到了一个井里。

她一边向下掉,一边东看西看的。这里四面都是碗柜和书架,还有的地方挂着地图或图画。她从经过的书架上抓走了一个瓶子,上面写着"橘子酱",不过里面什么也没有。爱丽丝不敢把它扔到下面去,怕砸到别人。后来,她终于想办法把空瓶放到了一个碗柜里。

"也好,"爱丽丝想,"这样掉过后,以后从楼梯上掉下来也不会当回事了。哼,从房子上摔下来我也不会叫一声的。"(这倒是真的,那样掉下来,是一定发不出声音了!)

掉啊,掉啊,她一直在掉。"我一共掉了多少米呢？"爱丽丝喊着，"我要到地球中心了吧？我想想，想想，哦，一定有六千多米深啦（看看，小姑娘在学校里学的知识，现在在练习呢！）——是的，差不多就是这个路程——只是，我到了什么经纬度了？我可是想问问。（爱丽丝当然不明白经纬度，她只是觉得能说出这两个词是了不起的事情。）"

爱丽丝还在向下掉，过了一会，她对自己说："我会不会摔到地球的另一边去呢？那边的人一定是'倒立着的人吧'，那样可就好玩儿了。（这次没人在旁边听，她很高兴，因为'倒立着的人'这个词好像用得不对。）只是我要向他们询问国家的名字。太太，请问一下，这是新西兰还是澳大利亚？（她一边说，一边把膝盖弯下来行礼。想想看，这能办得到吗？）哦，不，一定不能问，她会把我当成无知的人。也许国家的名字写在什么地方也说不定，我好好看看就是了。"

掉啊，掉啊，她还没到底。爱丽丝没事做，只好

掉进兔子洞
Diao jin Tuzi Dong

又自言自语:"我想,小猫戴娜一定在想我了。噢,我的小宝贝。他们可不要忘记喂它牛奶。我真希望它现在和我在一起。虽然这半空中没老鼠,可是你可以吃蝙蝠呀,它很像老鼠的。猫吃不吃蝙蝠呢?"这时她开始困了,一会儿说"猫吃不吃蝙蝠呢",一会儿又说"蝙蝠吃不吃猫呢"。当然,你知道的,这两个问题怎么问都没什么关系,因为她都答不上来。后来她好像睡着了,梦到和戴娜在一起。她问:"哎,戴娜,老实说,你吃蝙蝠吗?"正说着呢,忽然,扑通一声,她就掉到了一堆树叶上面了。

爱丽丝没有摔伤，她一下子就跳了起来。她见那只大白兔还在前面跑，就赶紧追了过去。在一个转弯处，她又听到兔子说："糟了，真是太晚了！"不过转过弯，她就再也找不到兔子了。她向四处看了看，发现自己是在一个又长又低的门厅里，里面挂着一排亮着的灯。

这个门厅里有好多锁着的门，爱丽丝不知道怎么才能出去。这时她看到一张三条腿的小桌子上放着一把小金钥匙。她立即拿钥匙去开每个门，可是不是钥匙太小，就是门太大了。不过她发现在挨着墙根的地方有道小门，这个小门差不多四十厘米高。她把小钥匙插进去一试，正合适。她真是太高兴了。

掉进兔子洞
Diào jìn Tùzi Dòng

爱丽丝打开这扇门，发现门外是一条小甬道，比老鼠洞大不了多少。她跪下来顺着甬道望去，看到一个从没见过的非常可爱的花园。她多么希望走出这昏暗的大厅到那鲜花清泉当中去游玩啊，可是那个门洞小得连她的脑袋都钻不进去。"就算我的头能钻进去，"可怜的爱丽丝想，"肩膀过不去，也无济于事呀。唉，我多希望我能缩成望远镜里的小人呀！我想我是能缩小的，只要能找到方法就行。"你瞧，爱丽丝刚才遇到了那么多稀奇古怪的事儿，她简直觉得天底下没有办不到的事情了。

爱丽丝回到小桌子前，看有没有把身体缩小的书或另一把钥匙。这回，她看到桌上又有了一个小瓶子（爱丽丝说："我敢肯定，刚才桌上还没有这东西。"），瓶子上写着"喝我吧"。

爱丽丝可没立刻照着它的话去做，她说："哦，先看看，是不是还写有'毒药'两个字。"因为她看

010

掉进兔子洞
Diao jin Tuzi Dong

过几个精彩的小故事,里面说到一些孩子烫伤了,给野兽吃掉了,还有些别的可怕的事情,都是因为他们不肯记住大人教给他们的简单道理,比如说,烧红的拨火棍捏久了就会烫伤手,用刀子把手指头割得太深就会流血……而且她永远不会忘记小孩子如果把写有"毒药"的东西喝了,那他就完了。

还好,瓶子上面没有写是有毒的,爱丽丝就喝了一小口,感觉还不错。于是她大口大口地把它喝光了。

"多么奇怪,我一定是在缩小了。"真的,爱丽丝现在只有二十几厘米高了。她很快乐,她终于可以去那个小花园里看看了。她并没马上到小门那里去,而是等了一会儿。"你知道,"她自己说着,"要是我一直小下去,可能就像蜡烛一样没了。"她站在那里想着蜡烛灭了以后的样子。

爱丽丝漫游奇境记
Ailisi Manyou Qijing ji

过了一段时间,什么事都没发生,她就走到小门前。可是这个可怜的小姑娘,她忘记带金钥匙了,钥匙还在小桌子上呢!

当她回到桌子跟前想拿钥匙的时候,却发现自己矮得怎么也够不着钥匙了。隔着玻璃,她能清清楚楚地看见它,她就极力想顺着一条桌腿爬上去。可是桌腿太滑了,她试来试去,累得筋疲力尽。可怜的小家伙就坐在地上哭了起来。

"不要哭!哭也没用。"爱丽丝批评自己说。她

掉进兔子洞
Diao jin Tuzi Dong

经常这样说自己（不过很难照说的去做）。记得有一次她同自己玩球，却骗了自己，她就打了自己耳光。这个小姑娘喜欢扮成两个人。"但是现在扮成两个人有什么用呢？"这个小东西想，"小成了这么大点儿，连一个人都算不上了！"

后来，爱丽丝看到在桌子下面有个小盒子，里面是一块蛋糕，上面用小葡萄干粘成几个字"吃我呀"。

"好，我吃下去！"爱丽丝说，"变大了，我就能够到钥匙了；变小了呢，我就从门缝钻过去。"她咬了一小口蛋糕，赶紧把手放在头顶上，看看是变大还是变小。可是没什么变化，于是她很快就把那块蛋糕吃完了。

Ailisi Manyou Qijing Ji

眼泪池
Yanlei Chi

爱丽丝漫游奇境记
Ailisi Manyou Qijing ji

"真希(奇)怪了。"爱丽丝叫了起来(她太惊讶了,连话都说不好了),"我现在成了太大的人了。噢,再见吧,我的脚。"(因为她的脚离头太远了,已经看不清了。)

"我可怜的脚丫,谁来给你们穿鞋和袜子呢?噢,以后只能你们自己照顾自己了。"——不过爱丽丝又一想,"要是它们不走我想走的路怎么办呢?我要对它们好一点儿。哦,圣诞节的时候,我给它们买一双长统靴子吧。"

017

爱丽丝漫游奇境记
Ailisi Manyou Qijing ji

"也许只能把礼物寄去,那地址可是有意思了。

　　　　　壁炉前面的地毯上围栏旁边
　　　　　爱丽丝的右脚先生收

　　　　　　　　　　爱丽丝寄

眼泪池
Yanlei Chi

天啊，这不像是胡说吗！"

这时爱丽丝的头顶到了屋顶，她赶紧拿起小钥匙走到小门前。可怜的小姑娘只能把身子侧着卧倒从门缝看那个花园了。钻过去是不可能了，她难过得坐下来哭起来。

"你应该感到不好意思，这么大了，还哭！别哭了，听到了吗？"爱丽丝说。可是不管用，眼泪大把大把地流，很快旁边就成了水池子，大约有十厘米深。

不一会儿，有小小的脚步声传来，是大白兔回来了。它一手拿了一双白色的山羊皮手套，一手拿一把扇子，正一边跑一边说："公爵夫人，啊，她等太久了，一定会发脾气的。"爱丽丝见它过来，就说："对不起，先生——"大白兔一听吓了一跳，丢掉手里的东西，就跑得没影了。

爱丽丝捡起扇子和手套。因为大厅里很热，她就一边扇着扇子，一边自言自语地说个不停："噢，我

的天！今天怎么样样事情都这么古怪？而昨天都还是一切正常。不知道我是不是在昨天夜里变了。让我想想，我今儿早晨起床的时候是不是还是原样？我好像记得，当时就觉得跟平常有点儿不一样。

"要是我已经不是自己了，那我就得弄明白，我到底是谁呢？

"啊，这个谜可真难猜！"接着，她开始把她所知道和她一般大的小姑娘挨个儿想了一遍，看看自己是不是变成了她们当中的哪一个。

"我不是艾达，因为我没卷发。我也敢说我不是梅白儿，因为我知道的事比她多得多。噢，过去知道的事我还记得吗？我要想一下：四乘五等于十二，四乘六等于十三，四乘七是——不，不行，这么算，连二十都算不到。哎，乘法没意思，看看地理吧：伦敦是巴黎的首都，巴黎是罗马的首都，罗马是——我肯定是记错了。我一定变成梅白儿了！我再来背一遍《小

眼泪池
Yanlei Chi

鳄鱼》试试。"于是爱丽丝像背课文那样,把双手交叉放在膝盖上,开始背诵。但她的声音又嘶哑又奇怪,背出来的那些词儿也跟以前不一样:

小鳄鱼,尾巴亮,
怎样使它亮又亮?
尼罗河水哗哗响,
冲得鳞甲闪金光。

咧开嘴来笑得欢,
伸开小爪多优雅。
小小鱼儿快来吧,
欢迎跳进笑眯眯的小嘴巴。

背完后她说:"噢,原文不是这个样子的,一定不是的。"可怜的爱丽丝就要哭了,她接着说:"哦,

爱丽丝漫游奇境记
Ailisi Manyou Qijing ji

我就是梅白儿了,我要住到她那个小破房子里了,还要做许多作业。如果是这样,我就一直待在这儿不出去了。谁让我回去都没用,我要对他们说:'要是我是我喜欢的那个人,我才上来。要不,我就在这里一直待到我变成另一个人。'"爱丽丝的眼泪一下子就流出来了:"可是我多想上去呀,一个人待在这儿太孤单了。"

这时她低头看了看手,她把白兔的一只手套戴上了。"噢,我又变小了吧,要不怎么会戴得下呢?"她站起来一看真的是这样,她只有两英尺高了,并且还在缩小。原来是扇子的原因,她赶紧扔了它,再慢一会儿可能就缩没了。

她立即想到去小花园里,可是钥匙忘在桌上了。她正想着这糟糕的事情,脚下一滑,扑通一声,跌进了齐下巴深的咸水里。她起初还以为是掉进海里了。"要是这样的话,我就可以坐火车回去啦。"她自言

自语道。爱丽丝曾经到海边去过一次,所以她总认为,无论到英国哪里的海边去,一定能看到海边有许多更衣车,有许多小孩拿木铲挖沙子玩,有一排供人住宿的房子,房子后面就是火车站。

　　过了一会儿,她才想明白这水是她的眼泪。她真是后悔流那么多眼泪了。这时她看到一只老鼠在水里游,她说:"老鼠呀,你能从这池子里出去吗?"老鼠什么也不说。

　　爱丽丝想,也许它不懂英语。于是她用法语说:"我的猫在哪里?"老鼠吓得赶紧从水里跳出来。

　　"啊,对不起,我忘

爱丽丝漫游奇境记
Ailisi Manyou Qijing ji

记你不喜欢猫了。"爱丽丝说。

"你要是我，你会喜欢吗？"老鼠显然很是生气。

"哦，不要生气，我讲讲我可爱的戴娜猫，你会喜欢它的。它是文静的小家伙，身上的毛软软的，抓起老鼠来呀——！"

老鼠气得毛都竖起来，嚷道："不要再提那些下贱的东西。"

"好，我说说狗吧。我们那儿有只好看的小狗，它是一条小猎狗，眼睛亮晶晶的，哎

眼泪池
Yanlei Chi

呀，还有长长的棕色卷毛。你把东西扔出去，它就会跑去衔回来。它还会坐起来讨吃的，会玩各种各样的把戏。它会做的事情，我连一半都没记住……它会向人要吃的，还有本事，它的主人说它可以杀老鼠——呀呀！"爱丽丝知道又说错话了。

老鼠一下子就游得远远的了。爱丽丝说了好多话，老鼠才转过身用发抖的声音说："上岸吧，我说说为什么我恨猫和狗。"这时池子里的一只鸭子、一只渡渡鸟、一只鹦鹉和一只小鹰也上岸了。

上岸后，所有动物全身都是湿的，所以最重要的事就是把身子弄干。

渡渡鸟说："我想我们最好来个赛跑，这样可以把身子弄干。"

爱丽丝漫游奇境记
Ailisi Manyou Qijing ji

于是它画了一个圆圈跑道（老鼠说：“跑道的具体形状是怎么样的没关系。”），大家分散开站到跑道的旁边，谁喜欢跑就跑，想离开也没人管，也没有"一、二、三"的口令。跑了差不多三十分钟，每个人身上都干了。渡渡鸟喊了一声：“好，现在比赛结束！”听完这话，大家高兴地跑过来围着渡渡鸟问：“谁赢了？谁赢了？”

这个问题可是很难，渡渡鸟想了好久，说：“都赢了，每个都有奖。”

“不过谁给奖品呢？”大家一起问。

“当然是她了。”渡渡鸟指着爱丽丝说。于是所有的动物都围到了爱丽丝的身边，叫着：“奖品！快给奖品！”

爱丽丝不知该怎么办了，她摸了摸衣服口袋，噢，

眼泪池
Yanlei Chi

有盒糖。于是她把糖果分给每个动物一块作为奖品,分完以后糖果盒就空了。

"只是,她自己也该有奖品呀!"老鼠说。

"那倒是,"渡渡鸟说,"你口袋里还有别的东西吗?"

"有个顶针。"爱丽丝难过地说。

"那给我吧。"渡渡鸟说。然后渡渡鸟用两只爪子托着顶针非常正式地说:"小姐,我们请求你收下这个顶针。"动物们听完他的话欢呼起来。

爱丽丝觉得这件事情很是好笑。可是大家都是很认

爱丽丝漫游奇境记
Ailisi Manyou Qijing ji

真的样子,她也就装作严肃地接过来那个顶针,并且行了个礼。

接下来该吃糖果了,这又引起了一阵吵闹。大鸟们抱怨说,它们连糖果是什么滋味都没尝到,小鸟们却又噎得喘不过气来,还得让人家拍打后背。不过这件事终于过去了,大家又围坐成一圈,要求老鼠再给它们讲点儿什么。爱丽丝说:"讲讲你的故事吧,说说为什么恨——喵和汪。"(在老鼠面前她不敢提猫和狗)

"我的故事很长,并且很是让人难过。"老鼠说,然后他就开始讲了:

老鼠坐在家里面,
恶狗跑来挑战:
"同我去法院,

眼泪池
Yanlei Chi

要把你审判!

不许你申辩。

要问为什么?

清早没事干。

老鼠说:"先生,

没有陪审员,

也没有法官,

这样的审判,

白费时间。"

狗说:"我就是陪审员,

我就是法官。

我要一手送你上西天。"

"你根本没认真听,你在想什么呢?"老鼠生气地冲爱丽丝说。

"对不起,你讲到第五个拐弯的地方了,是吧?"

爱丽丝漫游奇境记
Ailisi Manyou Qijing ji

爱丽丝小心地问。

"不是！"老鼠大声叫着，然后起身就走。

"回来好吗？"爱丽丝喊着，可是老鼠走得更快了。

爱丽丝伤心地说："要是戴娜在就好了，它一定会把老鼠抓回来的。"

"可不可以问一下，谁是戴娜？"鹦鹉说。

爱丽丝一听有人问她可爱的小猫，立即高兴起来："它是我的猫，它常会抓老鼠。还有，对鸟也一样，很快它就会抓住一只的。它一口就能吃一只小鸟。"

鸟们听了怕极了。一只老喜鹊说："我要回去了。晚上的空气对嗓子不好。"一只金丝

眼泪池
Yanlei Chi

雀对它的孩子说："我们也走吧,该去睡了。"别的鸟也都找个借口走了,最后只剩爱丽丝一个人了。

"我要是没提戴娜多好呀!可是它是那么好的猫啊!我什么时候才能再见到它呢?"爱丽丝对自己说。说完她又哭了起来,她真是太孤单了。

一会儿,她听到有脚步的声音,她以为是老鼠回来了。

Ailisi Manyou Qijing Ji

白兔派小壁儿进屋
Baitu Pai Xiaobi'er Jin Wu

爱丽丝漫游奇境记
Ailisi Manyou Qijing ji

回来的却是大白兔。它四处看，好像在找东西，还不住地说："公爵夫人啊，公爵夫人啊！噢，我可爱的爪子啊，我的皮毛和胡子啊，她肯定不会让我活了。丢到哪儿了呢？真是怪了。"爱丽丝明白了，白兔是在找扇子和手套。于是她也开始找起来，可是现在连大厅、桌子和小门都没有了。

这时，白兔看见了爱丽丝，就命令她："哎，玛丽安！你在做什么？快回去把手套和扇子给我拿来！"爱丽丝赶紧向它指的方向跑。

"它以为我是它的仆人。"爱丽丝边跑边想。不一会儿，她就看到一个写着"大白兔"的门，她就走了进去。

"真是奇怪了，我怎么会听兔子的话呢？可能戴娜以后也会让我为它做事的。"于是她想着这样的事情："'爱丽丝小姐，我们要去散步了。''哦，我要守着老鼠洞。'"后来，她又一想："如果那样，

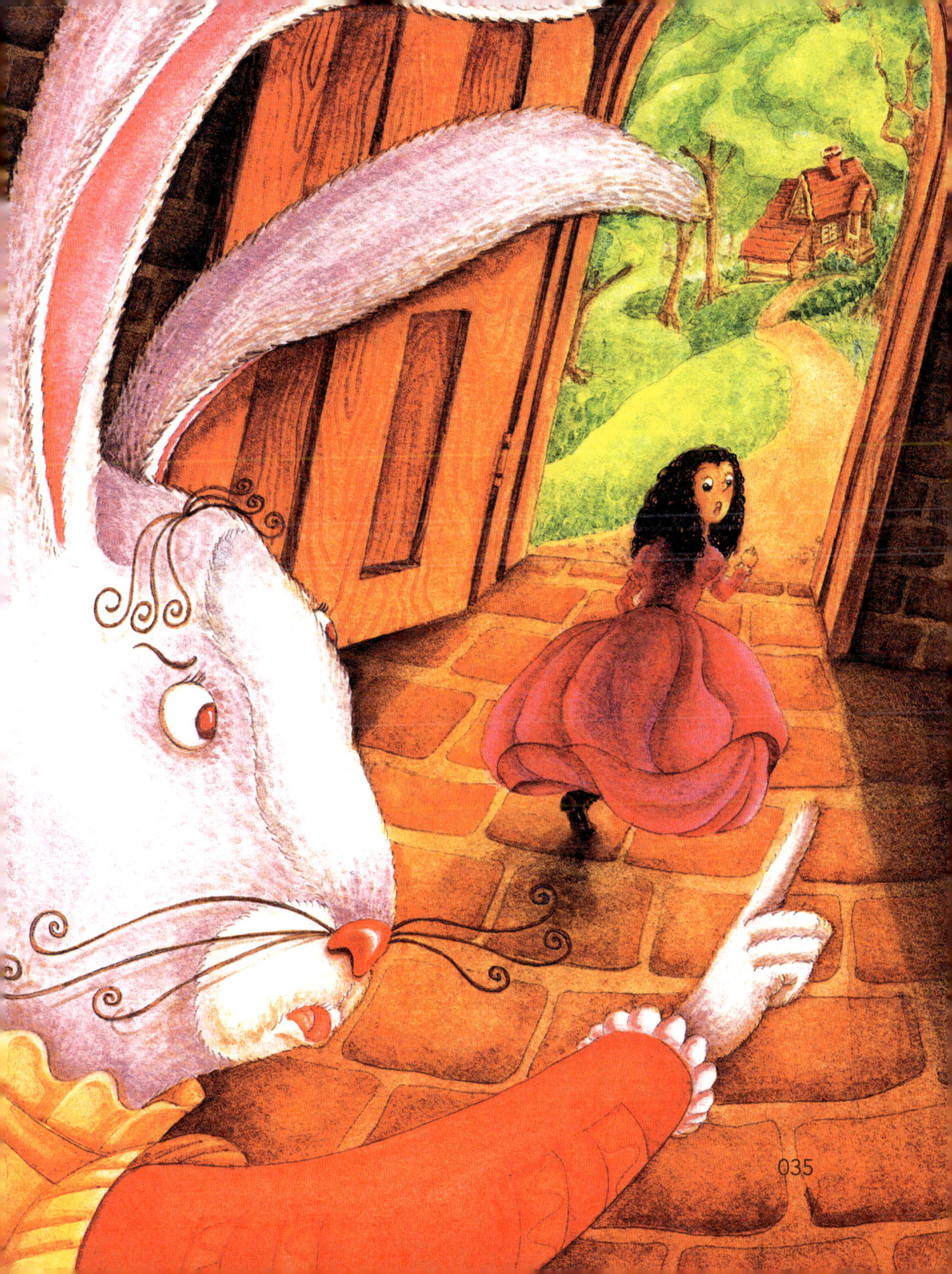

戴娜肯定要被赶出家门了。"

　　爱丽丝找到了一个小小的房间，里面的桌子上有一把扇子，两三双白色山羊皮手套。这个时候，她发现还有个小瓶子在桌上，上面并没写着"喝我"。不过她还是想也没想就喝掉了，然后等着有趣的事情发生。因为她真是有点儿不喜欢这么大点儿了，她希望能很快长大。

　　真的，她真的变大了，很快就大得头顶到了屋顶。

　　她不敢再喝了："噢，我刚才喝那么多干吗？千万不要再长了，现在这样我想我已经出不去了。"爱丽丝伤

白兔派小壁儿进屋
Baitu Pai Xiaobi'er Jin Wu

心地说。可是她一直长,长到她只能跪下来,后来只能躺下来,最后只好把胳膊伸到窗外去,一只脚伸到烟囱里。

"家里可比这儿好多了,"可怜的爱丽丝想着,"怎么也不能一会儿大一会儿小的,还要听兔子使唤、听老鼠命令……而且……而且……事情都太奇怪了。原以为这种事只能是在书中出现的,我却遇到了。哦,有本写我的书比较好。长大了,我来写吧,就写——不过,现在我已经长得够大的了呀!"

"现在,我肯定不会再长了,这样呢也好,我就

不能成为老太婆了。可是，要老是学习，呀，那真是太让人烦了。

"噢，这个傻人呀，现在怎么能读书呢？这里难道还有空地方放课本吗？连你都放不下了。"爱丽丝对自己说。

这时，她听见一个声音叫着："玛丽安！快点儿把手套拿出来。"这是兔子，很快它就来到了门前。

可是门是向里开的，而爱丽丝正用胳膊顶着它呢。兔子打不开它，于是自言自语地说："只好从窗户进了。"

"你想得倒美！"爱丽丝想。当她感觉兔子在窗下的时候，就用手胡乱地抓了几下，然后听到摔倒的声音和玻璃碎掉的声音，接着听兔子在大喊："帕特！你在哪儿？"

"老爷，我在松土。"一个

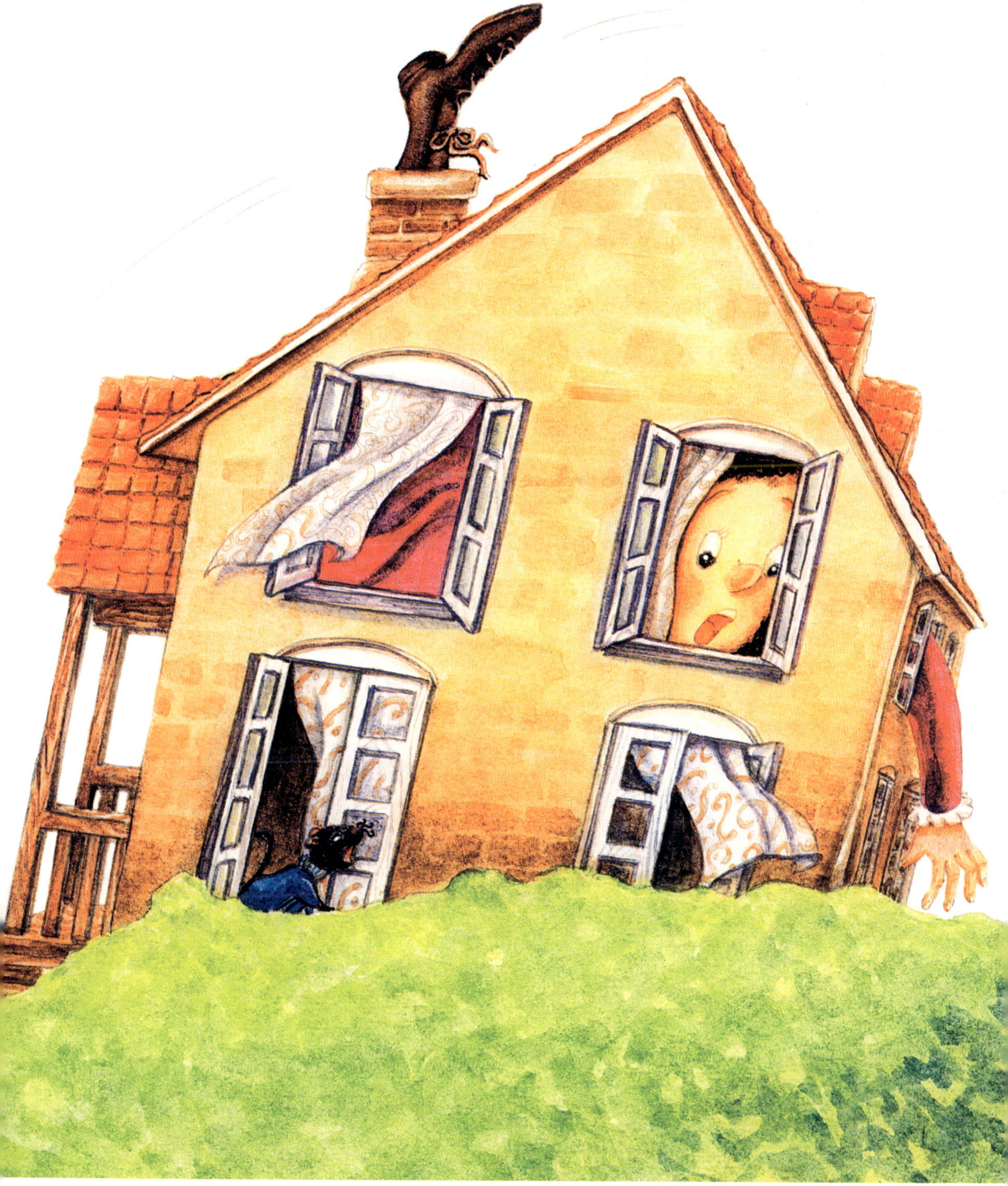

从没听过的声音说。

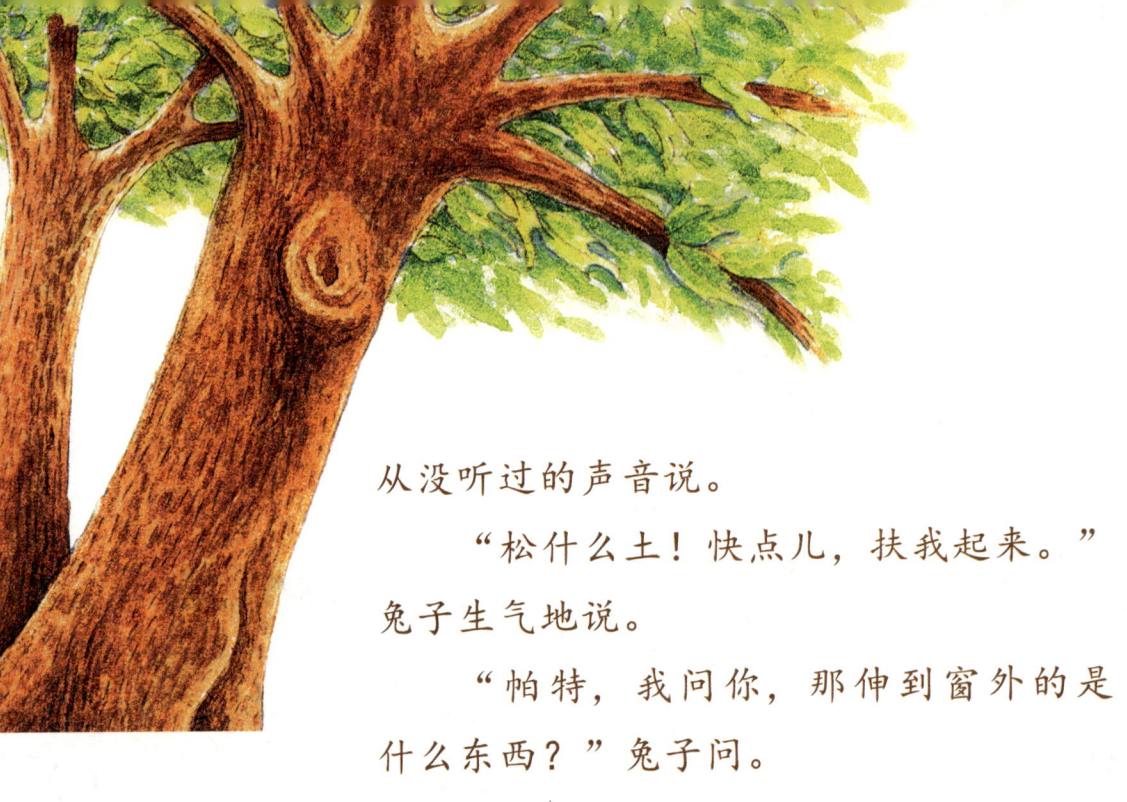

"松什么土!快点儿,扶我起来。"兔子生气地说。

"帕特,我问你,那伸到窗外的是什么东西?"兔子问。

"老爷,那一定是胳膊。"

"你见过这么大的胳膊吗?真是笨得要命!"

"不过,怎么说它也叫不出别的名字来。"

"别再说了,总之把它弄出来。"

过了好久,爱丽丝才又听到有说话的声音:"老爷,我不喜欢,一点儿都不!""就照我的话去做,真是个怕死鬼!"爱丽丝又用手抓了一气,随后又听见"哗啦啦"的玻璃碎的声音和尖叫声,然后就很久没有声音,最后终于又听到小手推车的声音,还有一些说话声,有几句是:"有架梯子在壁儿那

白兔派小壁儿进屋
Baitu Pai Xiaobi'er Jin Wu

儿。""壁儿,把它扛来,好家伙!""好,放在这儿!把两架绑在一起吧。这样够高了。""壁儿,拉着绳子,小心有块瓦要掉下来,哦,掉了,快躲开!"(当地响了一声)"我想让谁到烟囱里去呢?我不想去,我也不干。壁儿吧,壁儿,老爷叫你从烟囱甲下去呢!"

"我要是壁儿,我可不干,把事情都推到它一个人身上。不过我想它下来时我可以踢两下。"她把烟囱里的那条腿尽量往下缩,等到她听见一只小动物(她猜不出究竟是什么动物)在烟囱里抓挠着,爬到了她上面很近的地方,就自言自语地说:"这准是壁儿。"说着,她使劲儿往上踢了一脚,然后等着,看看这下子会发生什么事情。

她先听见一阵惊叫:"壁儿上天啦!"又听兔子说:"接住它,快点儿。拿点儿酒来——喂,你碰上什么了?说呀!"

一个很弱的声音:"哦,我不清楚——不喝了——

爱丽丝漫游奇境记
Ailisi Manyou Qijing ji

我心很乱,只记得那东西碰到我就把我弹上了天。"

"来,我们烧掉房子!"这是兔子的声音。

"你这样做,我会让戴娜咬你的!"爱丽丝用力喊着。

突然间,出现死一般的沉寂。爱丽丝心想:"不知道它们又要干什么!它们要是有点儿头脑的话,就应该把屋顶揭开。"过了一两分钟,它们又四下走动起来,爱丽丝听见兔子说:"先来一车就行了。"

"一车什么呀?"爱丽丝想。

过一会儿,只听"啪啪"的什么东西打到窗户上,有几块打在爱丽丝的脸上。

"我可不允许它们再这样下去。"爱丽丝对自己说。

她大喊一声:"你们最好停下来!"喊完,外面又没声音了。

爱丽丝一看打过来的小石头,到地上都成了小饼。

白兔派小壁儿进屋
Baitu Pai Xiaobi'er Jin Wu

她赶紧吃了一个,希望能变小一点儿。她果然变小了,真是太让人高兴了,她一下子就小得可以从那个门出去了。

于是她风一样跑了出去,跑了一阵子,看后面没有动物追她,才在一个林子里停下来。她正在树林里焦急地东张西望的时候,头顶上突然传来一阵尖细的狗叫声。她赶紧扭头向上望去,一只很大的哈巴狗正圆睁双眼朝下面盯着她,还轻轻地伸出一只爪子,好像要摸摸她似的。"可怜的小东西!"爱丽丝用安

爱丽丝漫游奇境记
Ailisi Manyou Qijing ji

慰的声调说，还极力想吹口哨来哄它，可是她总觉得有点害怕，因为她想到，这狗儿可能饿了，如果真是那样的话，不管她怎么哄它，它都肯定会把她吃掉的。

她简直不知道怎么办才好。她捡起一根小树枝，朝哈巴狗伸过去。哈巴狗立即四脚腾空，纵身跳起，狂叫一声，直向小树枝扑过来，做出要咬的样子。爱丽丝一闪

白兔派小壁儿进屋
Baitu Pai Xiaobi'er Jin Wu

身躲到巨大的树丛后面，免得被它扑到。她在树丛的另一侧一露面，狗又向树丛扑过来。它急于想咬住小树枝，结果一个跟头滚了下去，摔了个四脚朝天。爱丽丝想，这就像是跟拉车的马逗着玩一样，随时都有被马踩在脚下的危险。她就围着那个树丛兜圈子，狗开始接二连三地扑向小树枝，每次总是往前跑一点儿，又往后退几步，嘴里不停地吠叫着。最后，它终于累得远远地蹲下来，伸出舌头只喘粗气，大大的眼睛也半闭了起来。

爱丽丝觉得这是个逃跑的好机会，于是立即拔腿就跑，跑得上气不接下气，直到哈巴狗的叫声已经远得听不见了，这才收住脚步。

她现在的想法就是再吃点儿或喝点儿什么，赶紧长大。于是她把旁边的花呀、草呀挨个看了一遍，可是都不像是可以吃的。

那边还有一个和她高度差不多的蘑菇，一只毛毛

虫坐在蘑菇顶上，把手臂抱在胸前，很自在地抽着长长的水烟筒。

毛毛虫和爱丽丝我看你、你看我地看了好长时间。终于毛毛虫懒懒地问："你是谁？"

用这种问话作为谈话的开始并不让人高兴。爱丽丝说："哦，先生，我不太知道，早上我还知道我是谁，可是到现在我已经变过很多次了。"

"这话什么意思？"毛毛虫有点儿生气地说。

"我也说不太清。事实上，你看，我不是我了。"

"看不出来。"毛毛虫说。

白兔派小壁儿进屋
Baitu Pai Xiaobi'er Jin Wu

"在这一天里，我变了几次大小，对自己都不认识了。你可能有一天会明白这种感觉，因为你会变成蝴蝶，那时你会感到奇怪，是不是？"

"那倒不会的。"毛毛虫回答。

"那我们不一样，我觉得这事很奇怪。"爱丽丝说。

"你？你是谁？"毛毛虫很轻蔑地问。

谈话回到了开头的问题，真是让人感觉不好。爱丽丝认真地问："那你说，你是谁？"

"为什么要告诉你？"

爱丽丝当然想不出为什么了。她直接走了，毛毛虫叫她回来有重要的事要说。爱丽丝就回来了。可是它一直吐着烟圈玩儿，好久才说："你感觉你变了，是不是？"

"对，因为我记得的东西现在都忘记了。并且不到十分钟我就要变大或变小一次。"

"你想要让自己多大？"毛毛虫问。

"大小倒是没什么，可是变来变去，让人很不高兴。你知道的。"

"我一点儿不知道。"毛毛虫说。爱丽丝听到这样的顶嘴话真是气得不得了。她就不再说话。

"现在的身高你觉得怎么样？"毛毛

虫问。

"我想再大一点儿,如果先生不介意的话。八厘米高实在是太小了点。"

"这怎么不是个好的高度呢?"毛毛虫一边生气地说,一边直起身子(正正好好是八厘米)。

"可是这样的身体我有点儿不习惯。"爱

爱丽丝漫游奇境记
Ailisi Manyou Qijing ji

丽丝伤心地说，她真希望动物们不那么容易发火。

过了一阵子，毛毛虫打了个呵欠，伸了伸腰，就爬到地上了。走之前，它说："一边让你高，一边让你矮。"爱丽丝不明白了，什么这边那边的呢。

"蘑菇呀。"毛毛虫说完就没影了。

找到这个圆圆的蘑菇的两边可不是容易的事。爱丽丝很努力才用手臂抱住蘑菇，然后从左右两边各扯下一块蘑菇皮。她把右手上的蘑菇皮吃了一小块，想

看看会怎么样。噢，太可怕了，她的下巴撞到了脚。她赶紧吃左手上的蘑菇皮，弄了好久才吃进去，因为下巴和脚贴得太近了，张不开嘴了。

吃完，爱丽丝感觉舒服多了，可是低头一看，她的肩膀怎么没了，只有很长的脖子像杆子一样立在一个树梢的绿叶里，她的手也看不见了。于是她把脖子弯下去找手，她的脖子竟可以像蛇一样向四周扭动。她有点儿高兴了，就把脖子弯个"之"字形钻到绿叶中。这时一声尖叫传来，一个大鸽子用翅膀使劲打着她的脸，还喊着："蛇！可恶的蛇！"

"走开，我才不是蛇。"爱丽丝叫道。"我说过，你是蛇！"鸽子说话带着哭声了，"我算是躲不过你们了。我日日夜夜孵蛋，累得要命，还要时时防着你们。你知道吗？我可是三天三夜没合过眼了。"

爱丽丝知道是怎么回事了，就说："对不起，让你受惊了。不过我真的不是蛇。我是个——"

"你说你是什么？你还想编瞎话吗？"鸽子说。

"我是个小女孩儿。"爱丽丝说。

"小女孩儿？从没见过脖子这么长的小女孩儿！不，你就是蛇，说什么都没用。你是不是还想说你都不知道蛋是什么味道的？"

"哦，我当然知道。"爱丽丝诚实地说，"小女孩儿同蛇一样，是吃蛋的，这你应该知道。"

"不信，不信！这样的话，她们也是蛇。"

听鸽子这么说，爱丽丝不知该说什么好了。鸽子见她不说话，又说："我对你太了解了，小女孩儿和蛇都是一样的。你还想找蛋是不是？"

"不是，我不吃生蛋的。"爱丽丝赶紧说。

白兔派小壁儿进屋
Baitu Pai Xiaobi'er Jin Wu

"那快离开这儿吧！"说完，鸽子回去孵它的蛋了。

鸽子走后，爱丽丝想起手里的蘑菇皮，就吃一点儿左手的，又吃一点儿右手的，直到变回原来的身高。现在她就想去那个美丽的小花园去看一下。

走着走着，她来到一个只有一米多高的小房子前。她怕这里的人见她这么大会吓坏了，就吃了右手上的蘑菇皮，把自己变得只有二十多厘米高的样子。

Ailisi Manyou Qijing Ji

猪娃和胡椒
Zhuwa He Hujiao

爱丽丝漫游奇境记
Ailisi Manyou Qijing ji

爱丽丝在林子里站了几分钟,看到一个长得像鱼的男仆人来敲门,另一个长得像青蛙的仆人把门打开。两个人的头上都戴着假的卷发,并且上面还有香粉。

鱼仆人拿出一个和他大小差不多的信封说:"致公爵夫人,王后请她去玩槌球游戏。"青蛙仆人把话认真地学了一遍,只是把词的顺序变了一下:"王后请她去玩槌球游戏,给公爵夫人。"然后两个人同时把头低下来行礼,他们的假发正好卷到了一起。

猪娃和胡椒
Zhuwa He Hujiao

爱丽丝真的笑死了,可是怕他们听见,只好跑到林子里去。等她回来的时候,只有青蛙仆人坐在门前,正抬头望着天呢!

爱丽丝走过去敲门,那仆人说:"敲门有什么用呢?第一,我们都在外面;第二,里面吵得很,什么都听不见。"是的,里面好像有人在吼叫,还有打碎盘子什么的"哗啦啦"的声响。

"请问,我怎么才能进去呢?"爱丽丝问。

仆人还在看着天空,说:"如果我在门里、你在门外,你敲门,我还是可以听到的。现在你在里面敲门,我也可以为你开门。你说是不是?"爱丽丝觉得他讲话时两眼望天是不对的,可是她想他的眼睛离头顶太近了,可能只能这样。不过他总要回答问题呀!于是她大声地问:"怎么样才能进去呢?"

"我只想坐在这儿,坐到明天——"仆人说。

这时,门开了,一只盘子飞了出来,擦着仆人的

爱丽丝漫游奇境记

鼻子撞到了后面的树上，撞得粉碎。

"——也许，再多坐一天。"仆人还说着话，就像什么事都没发生过一样。

"我在问，怎么才可以进去？"爱丽丝用更大的声音喊道。

猪娃和胡椒
Zhuwa He Hujiao

"你一定要进是不是?这是首先要确定的问题。"仆人说。

爱丽丝真的受不了了。她对自己说:"同这些动物说话,真是可以让人疯掉。"

仆人又说了一句:"我要坐在这儿,一天,又一天。"

爱丽丝不管他了，直接走了进去。里面是个厨房，公爵夫人坐在中间的一条有三只腿的凳子上，正抱着个婴儿。厨师在锅旁做汤。

"汤里的胡椒肯定放太多了。"爱丽丝说。

她从进门就一直在打喷嚏。公爵夫人也在打，婴儿不是打喷嚏就是哭。不过屋里的猫和厨师都没打喷嚏，那猫正高兴地张嘴笑呢。

爱丽丝问："你的猫怎么会笑呢？"

"哦，它是柴郡猫。猪娃！"后面的两个字公爵夫人喊得很突然，声音也很尖利。爱丽丝吓了一跳，不过马上明白了，她是在对婴儿说话。

"这样的猫可是从没见过。"爱丽丝说。

"当然，许多事情你都不知道。"公爵夫人说。

她说话的口气让爱丽丝有点儿不高兴。这时厨师已经做好汤了，她随后拿起手边的火钩、火钳、铁锅、碟子、盘子等东西朝公爵夫人和婴儿砸过来。

061

爱丽丝大叫着："小心点儿！呀，他的鼻子——"眼看一只锅擦着婴儿的鼻子就飞过去了。

公爵夫人却说："要是每个人都只管自己的事，

猪娃和胡椒
Zhuwa He Hujiao

地球转得一定比现在快得多。"

"那有什么好的呢?"爱丽丝说。现在她可以显示一下她学过的知识了:"那白天和黑夜会变成什么样子呀!地球每天自转二十四小时——"

"不要用数字来烦我!"公爵夫人说。她开始给婴儿唱催眠曲:

> 对小孩儿一定要粗暴,
> 他打喷嚏就打他,不要轻饶。
> 他只是想让人烦恼,
> 戏弄人的事情他很知道。
> 对小孩儿说话口气不要太好,
> 打喷嚏就打他一定错不了。
> 要是他喜欢胡椒,
> 就让他一次闻个饱。

爱丽丝漫游奇境记
Ailisi Manyou Qijing ji

唱到这儿,她把婴儿向上扔一下,又向下甩几甩,然后就丢给了爱丽丝。

这个婴儿长得很是奇怪:眼睛很小,鼻子向上翘,就像猪鼻子一样,并且一直发出咕噜咕噜的声音,不知是不是在哭。

爱丽丝想把婴儿带走,因为她怕这里的人会把他弄死。爱丽丝又看了看婴儿的脸,噢,确实就是个猪娃。她不想再抱着他了,就把他放到地上,看着他自己跑到林子里去了。

这时,她看见柴郡猫正在前面的一棵树上坐着,

猪娃和胡椒
Zhuwa He Hujiao

它还是在笑。爱丽丝打招呼说:"柴郡猫,请问,哪条路是我应该走的?"

"那看你要到哪儿去了。"猫说。

"去哪儿都可以。"爱丽丝说。

"哦,那简单得很,走哪条路都没错。"柴郡猫说。

"只要我能到个地方就可以了。"爱丽丝补了一句。

"那只要走,总会到个地方的。"猫说。

爱丽丝觉得这话都没法反对,就换了个问题:"都有谁住这儿?"

"那边,"猫用右爪子指了一下,"是帽匠。""那

边，"它又用左爪子指了一下，"是三月兔。不过你去哪家都可以，它们都疯了。"

爱丽丝赶紧说："我可不想去找疯子。"

"噢，那太让你失望了。这儿都是疯的，我是，你也是。"猫说。

"你为什么说我疯了？"

"不疯的话是不会来这儿的。"猫说。

"你为什么说自己疯了呢？"

"你想，狗不会疯，是吧？狗生气就大叫，快乐时就晃尾巴。可我是高兴时叫，生气时晃尾巴。所以说，我一定是疯了。"

猫问："你去和王后玩球吗？"

"她一直没给我请帖，其实我是很想去的。"爱丽丝说。

"在那儿你可以再见到我。"说完猫就不见了。

不一会儿猫又露面了："那个婴儿怎么了？我忘

猪娃和胡椒
Zhuwa He Hujiao

记问了。"

"他是个猪娃。"爱丽丝回答。听完这话,猫就又不见了。

爱丽丝朝三月兔住的方向走。因为她想现在是五月,三月兔可能没有疯得很严重。可她没走多远,树上又出现了那只猫。

"刚才你说的是猪娃吧?"猫问。

"是。我希望你不要一下子有一下子没有,弄得我都迷糊了。"爱丽丝说。

"好啊。"这次猫先是尾巴尖不见了,又一点点地身体消失,直到剩一个笑脸,停了一会儿,脸也没有了。

走了一段路,爱丽丝就见到了三月兔的房子,房子的两个烟囱像兔耳朵一样,房顶是用兔子皮盖的。那房子比较大,她就又咬了左手上的蘑菇皮,长到差不多半米高才向房子走去。

爱丽丝漫游奇境记
Ailisi Manyou Qijing ji

猪娃和胡椒
Zhuwa He Hujiao

一棵树在房子的前面,树下是桌子,在桌子旁边,三月兔和帽匠在喝茶,一只睡鼠在他们中间睡觉,两个人正把胳膊压在睡鼠身上说话。

那张桌子并不小,可是三个人却挤在了一个角上。当爱丽丝走过去时,他们急忙说:"没地方了,一点儿都没了!"爱丽丝才不管他们怎么说,过去就坐在了一个大椅子上。

三月兔看了看她,说:"请喝点儿酒吧!"可是桌上除了茶实在是什么都没有。爱丽丝有点儿生气:"太没有礼貌了!没有酒还请人喝!"

"你不是也一样,没请就坐下了。"三月兔说。

"可是我不知道是谁的桌子。这上面的东西太多了,你们三个用不了的。"爱丽丝说。

"你要剪头发了!"帽匠插了一句。

"随便评论别人,是没有礼貌的。"爱丽丝说。

帽匠惊讶地看着爱丽丝,不过他又说了一句:"一

只乌鸦可能像桌子吗？"

爱丽丝以为这一定是猜谜了，就说："这个，我能猜。"

三月兔问："你是说，你知道是什么了？"

"是。"

"那你想什么就说什么吧。"三月兔说。

爱丽丝急忙说："当然！我说的就是我想的，一样的，知道吗？"

"是那样的吗？照你说的，那'可以吃的我全能看见'就和'我能看见的全是可以吃的'一样了？"帽匠说。

"也就是说，'我得到的我都喜欢'和'我喜欢的我都能得到'一样了？"三月兔说。

睡鼠也接过来说："也就是说'我睡觉的时候在呼吸'和'我呼吸的时候在睡觉'是一样的了？"

帽匠冲着睡鼠说："对你也许真是一回事。"

071

爱丽丝漫游奇境记
Ailisi Manyou Qijing ji

这样说下去真是没意思了，大家谁都不吱声了。

过了一阵子，帽匠又转向爱丽丝问："你猜到那个谜语了吗？"

"我想是猜不到了，快说谜底吧。"爱丽丝说。

"其实我也不知道。"帽匠说。

"我也一样。"三月兔说。

"这真是浪费时间的事情。没有答案，那猜谜语有什么意思呢？真不如用这些时间去做有用的事情。"

"你要是同时间很熟的话，你就不会这么说了。

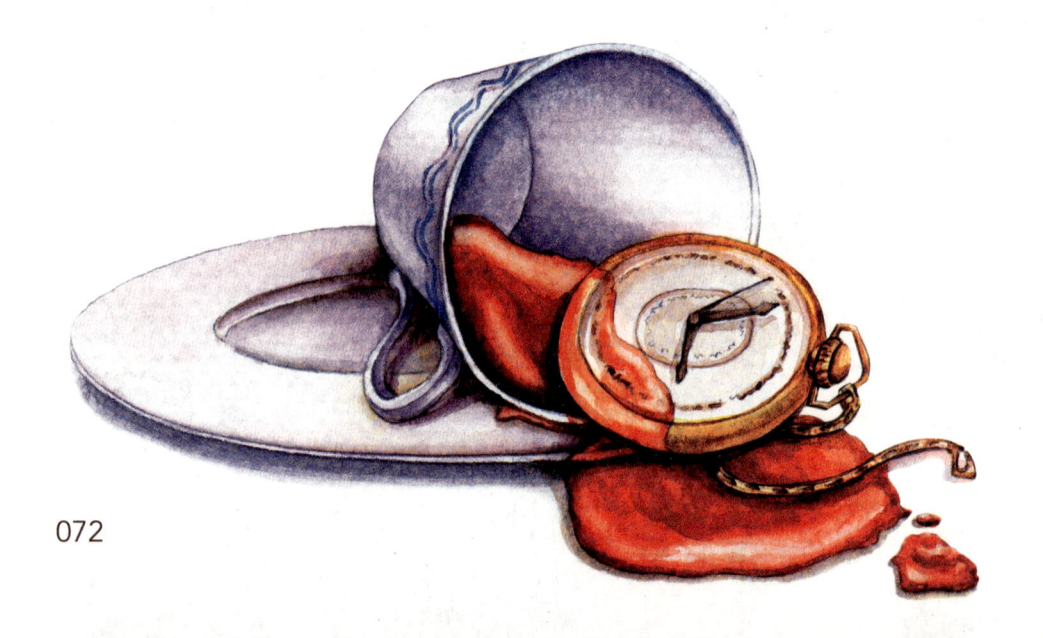

猪娃和胡椒
Zhuwa He Hujiao

我敢说你都没有同时间说过话。"帽匠说。

"没有。"爱丽丝说。

"要是你和时间关系好的话,它会做你喜欢的事。比如在上课的时间,你对它使个眼色,它就会把表针转到吃午饭的时间。"帽匠说。

"那真的太好了。不过,你想,那时我还没饿,也不想吃东西呀!"爱丽丝问。

"你可以让时间待在一点半,待多久都行。"帽匠说。

"你用的办法是不是就是这个?"

"不是的。在三月兔疯之前,我和时间吵架了。因为在音乐会上,我唱:'闪啊,闪啊,小蝙蝠。我不明白,你在做什么。'可是,还没唱完一段,王后就生气了,说:'他对时间太不好了,把头砍掉。'"

"怎么会这么不讲理!"爱丽丝说。

"后来,时间就不再听我的话,一直呆在6点。"

"你们的桌上这么多茶具，原来是因为这个呀！"爱丽丝说。

"是的，我们一直都在喝茶的时间，连洗茶具的时间都没有。"帽匠说。

三月兔说："说些别的吧，真是让人烦。讲个故事听听。"

"睡鼠讲吧！醒醒，醒醒。"三月兔和帽匠叫了起来。

睡鼠说："我没睡，你们说什么我都知道。"

"快点儿讲，要不你就会睡着了。"帽匠说。

睡鼠就讲开了："以前有三姐妹，她们叫埃尔西、莱西和蒂莉，她们住在井里面。"

"那她们吃什么喝什么？"爱丽丝问。

睡鼠想了一下说："糖浆。"

"可是她们会生病的，不是吗？"爱丽丝说。

"是，她们病得很重。"睡鼠说。

猪娃和胡椒
Zhuwa He Hujiao

"为什么要住到井底下呢?"爱丽丝真是想不明白了。

"那是糖浆井呀!"睡鼠说。

"没有那样的井!"爱丽丝发火了。

三月兔说:"如果你这样,故事由你讲好了。"

"不,不要,还是你讲,我再不打断你了,我相信是有个糖浆井的。"爱丽丝赶紧说。

睡鼠接着讲:"她们在那里汲——"

"汲什么?"爱丽丝忘了她答应的话了。

"糖浆。"睡鼠回答。

"我要一个干净的杯子,"帽匠插嘴道,"咱们都往前挪一个位置吧!"

他说着就往前挪了一个位置,睡鼠也跟着挪了过去,三月兔挪到了睡鼠的位置上,爱丽丝很不情愿地坐到了三月兔原来的位置上。这次挪动唯一得到好处的是帽匠,他杯子里的茶比原来多了许多;爱丽丝的位置比先前糟糕得多,因为三月兔刚把牛奶罐打翻在盘子里。

爱丽丝不想再惹睡鼠生气,于是非常小心地说:"不

过我还是不明白，她们从什么地方汲取糖浆呢？"

帽匠说："可以从井里提水的话，怎么就不可以从井里汲糖浆呢？噢，真是太笨啦！"

爱丽丝没去听他的后一句，还问："可她们就在井里呀？"

"是的。"睡鼠答道。

"我还是不明白——"爱丽丝说。

"那就不要一直说话！"帽匠说。

爱丽丝真是气得要命，这话说得太没礼貌了。她起身就走了。"这真是没意思的茶会。"她想。

想着这个的时候，她见到一棵树上开了个门，就走了进去，一看，就是她刚开始进去的

爱丽丝漫游奇境记
Ailisi Manyou Qijing ji

那个门厅。桌子上还放着小钥匙。这下她可没忘记先把钥匙拿下来打开门,然后才去咬蘑菇皮(她放在口袋里了),直到她小到可以走过小过道。

很快她就到了那个小花园里。

在花园的入口处有棵玫瑰树,树上开满了白玫瑰,可是三个园丁正在那里把花染红。

三个人边染边说着话,爱丽丝从它们的谈话中知道它们的名字是黑桃五、黑桃二和黑桃七(其实它们都是扑克牌)。

爱丽丝走过去问:"为什么要把花弄成红色呢?"

黑桃二说:"噢,小姐,是这样的,这里本应种红玫瑰,我们不小心种成了白的。王后要是知道了,我们肯定没命了,所以……"

这时老五喊了一声:"王后来了,王后来了!"三个人一下子就趴在了地上。爱丽丝则站在那儿想看看王后长什么样。

猪娃和胡椒
Zhuwa He Hujiao

只见前面走过来十个扛棍棒的士兵，它们同三个园丁一样，是扁平的长方的身子，手脚长在四个角上。士兵后面是十个大臣，全身都挂满了钻石。大臣后面是皇家的孩子，它们都戴着红心。再后面是红桃杰克，手里托着王冠。在这些人的最后是红桃国王和红桃王后。

爱丽丝漫游奇境记
Ailisi Manyou Qijing ji

爱丽丝拿不准是不是应该像那三个园丁一样也脸朝下趴在地上,她根本不记得王室的队伍经过时还有这么一条规矩。"而且,如果人人都脸朝下趴着,看不见队伍,那么这种队伍又有什么用处呢?"她这样想着,仍站在原地。

队伍过来就停在了爱丽丝的面前。王后问红桃杰克:"她是谁?"杰克只是笑然后行礼。

王后说了句"白痴",就过来问爱丽丝:"小姑娘,你

猪娃和胡椒
Zhuwa He Hujiao

叫什么名字?"

"禀王后,我叫爱丽丝。"她有礼貌地说,可是心里想:"我可不怕,它们不过是扑克。"

王后又指着趴着的园丁问:"它们是谁?"园丁后背的图和士兵、大臣、王室小孩儿是一样的,所以分不清是谁。

"不关我的事,我不知道!"爱丽丝说。说完后她想,这样说真是有些太胆大了。

王后立即气得要死,大喊着:"拉出去砍了,砍了!"

"真是胡说!"爱丽丝也喊了一句。王后就不出声了。

国王过来小心地说:"亲爱的,再想想吧,她只是个孩子。"

王后又大声地命令杰克:"把它们翻过来!"

杰克照她的话去做了。

爱丽丝漫游奇境记
Ailisi Manyou Qijing ji

"都立起来！"王后尖声地说。三个园丁吓得赶紧站了起来，并且对每个人行礼。

"用不着了。"王后厉声地说。然后，她看了看那棵玫瑰树，问："你们在做什么？"

黑桃二一只腿跪在地上说："王后不要怪我们，我们在——"

"我知道！"这时，王后已经看过玫瑰花了，"砍了他们的头！"

队伍又向前走了，只留三个士兵把三个园丁处死。三个园丁都跑到爱丽丝的旁边让她保护它们。

爱丽丝把它们放在一个花盆里，三个士兵找了

猪娃和胡椒
Zhuwa He Hujiao

一会儿没找到就回去了。

"头已经砍掉了吗？"王后大声问道,

"陛下，它们的头都没了。"士兵回答。

"好！"女王说："你会玩槌球吗？"这个问题是问爱丽丝的。

"当然会！"爱丽丝大声回答。

"那也过来吧！"王后命令着，爱丽丝走了过来。

这时她听见旁边说话的声音："天——天气真好！"哦，白兔和她走在一起呢！

"是很好，公爵夫人去哪儿了？"爱丽丝问。

"嘘！小点儿声！"白兔在她的耳边说，"她被判死刑了。"

爱丽丝漫游奇境记
Ailisi Manyou Qijing ji

"为什么呢?"爱丽丝惊讶地问。

"你是说真可惜吗?"白兔问。

"我没那么说,"爱丽丝说,"我没想可惜不可惜的问题,我问你那是为什么。"

"她打了王后一个耳光……"白兔说。爱丽丝一听,不由得笑出声来。"哎呀,别出声!"白兔惊慌地低声说,"王后会听到的!你知道,公爵夫人来晚了,王后说……"

"大家站到自己的位置上去!"王后叫道。王后像打雷一样的声音吓得所有的人东奔西跑一阵忙乱。

还好,一两分钟就静了下来。

这可是场奇怪的槌球比赛:活的刺猬被当作槌球,活的红鹤被当作球棒,而那些士兵用手脚撑在地上,把身子弯起来做球门,并且球的场地上全是坑。

猪娃和胡椒
Zhuwa He Hujiao

刚开始,爱丽丝觉得这个红鹤真是很不听话,费了好长时间她才把它的身子夹到胳膊下面,让它的腿垂下来、脖子伸直。可是她刚要用鹤的脑袋去击打刺猬的时候,红鹤竟然回过头来傻傻地看着她,弄得她一直咯咯地笑。

当她把鹤的头再按下去击球时,刺猬又不知道爬到什么地方去了。打球的地方总有坎儿或者沟,球也很难打出去,有时打出去了,也进不了球门,因为做球门的士兵老是走来走去的。玩了一阵子,爱丽丝就感觉到了,这是一个很难玩的游戏。

没玩多长时间,球场里就全都乱了。大家吵了起来,王后气得不行,每一分钟就要说一次:"拉出去砍头!"

爱丽丝有点儿不安,她怕她也会同王后争吵,那她就不知会怎么样了,于是她就想逃走。这时她看到空中出现了一个东西。看了一会儿,她才想到那是一

张笑脸。

当然了,那是柴郡猫。它问:"还好吧?"

猫的眼睛露出来的时候,她冲着它点点头。她在想:"耳朵没出来,说话有什么用呢?至少要出来一只耳朵。"又过了一会儿,猫的头出来了。爱丽丝就同它说了打球的事:"这种打球是没有规则的,他们总是吵来吵去的。还有更好笑的是,因为所有的东西都是活的,所以打起来很麻烦。正要把球打过球门时,球门却走了;正要打王后的刺猬球时,它看到我的球冲过来赶紧就爬走了。"

"你喜欢王后吗?"猫小声说。

猪娃和胡椒
Zhuwa He Hujiao

"一点儿都不喜欢,她是非常的——"

这时,王后走了过来,爱丽丝马上改口说:"也许会赢,我想也不用再比了。"

王后笑了一下就过去了。

"你在同谁说话?"国王走过来问。他看到了猫头,惊讶极了。

"介绍一下,这是我的朋友——柴郡猫。"爱丽丝说。

"它这个样子我真是不喜欢,不过它可以吻我的手,如果它想的话。"国王说。

"我可不愿意这么做。"柴郡猫说。

"不要无礼,也别用这种眼神看着我!"国王说完就躲到爱丽丝的后面去了。

"我记得在书上看到过,猫是可以看国王的,不过我忘了书名了。"爱丽丝说。

"哦,不过一定要把它删掉。"国王说。

088

猪娃和胡椒
Zhuwa He Hujiao

他立即叫来王后。而王后的办法只有一个,她看也不看就说:"砍了它的头!"国王听完她的话就去找杀猫的士兵。

爱丽丝这时就去找她的刺猬和鹤,她的刺猬已经找不到了,不过她想:"这有什么关系呢,所有的球门都走了呀!"

爱丽丝又回到了柴郡猫那里,可是那里已经围了一堆人,一个士兵、国王和王后正在吵着什么,见爱丽丝来,他们就让她评一下理。

士兵说,只有长在身体上的头才能砍,要不就没法砍,所以他不想去砍这猫头。国王说,只要有头,就可以砍。王后则说,如果这件事不能很快办好,她就砍掉每个人的头。

爱丽丝说:"猫是公爵夫人的,要问问公爵夫人才好。"于是士兵就去监狱找公爵夫人去了,这时猫的头也一点点地消失不见了。

Ailisi Manyou Qijing Ji

假海龟的故事
Jia Haigui De Gushi

爱丽丝漫游奇境记
Ailisi Manyou Qijing ji

公爵夫人见到爱丽丝的时候非常亲切,于是爱丽丝想,在厨房的时候可能是因为胡椒才使她爱发火。

"要是我当公爵夫人,"她自言自语地说,带着不抱太大希望的踌躇口气,"我绝对不让厨房里有一丁点儿胡椒。没有胡椒,汤也照样好喝。也许正是胡椒弄得人们脾气暴躁。"她对自己推测出来的新观点感到非常得意,于是继续发挥道:

假海龟的故事
Jia Haigui De Gushi

"醋弄得人们酸溜溜的,黄菊弄得人们又苦又涩,麦芽糖之类的东西让孩子们的脾气变得甜蜜温柔。我真希望大人都懂得这一点儿,那他们在给糖时就不会那么吝啬了,是不是……"

爱丽丝想得出神,完全忘记了公爵夫人。当公爵夫人凑到她耳边跟她说话的时候,倒把她吓了一大跳。"亲爱的,你在想心事吧!连谈话都忘记了。我虽然一时说不出这种做法会得出什么样的哲理,可是待一会儿我就能想起来的。"

"也许根本就没有什么誓理。"爱丽丝鼓足勇气说。

公爵夫人对爱丽丝说:"每件事都有教训的,这件事也有,可是我现在想不起来。"

爱丽丝随口说:"这球打得很好。"

公爵夫人说:"是的,这里的教训是'爱是世界的动力'。"

"可是，有人却说那是因为每个人都把自己的事做好了。"爱丽丝说。

"意思差不多了。"公爵夫人说。她一面使劲儿把尖下巴往爱丽丝的肩膀上压了压，一面补充道："由此得出的教训是，只要用心思考，说出的话就会合情合理。"

"她多么喜欢从事情中寻找哲理啊！"爱丽丝感叹道。

"我敢说你一定很奇怪，为什么我不用胳膊搂住你的腰，"公爵夫人停了一会儿说，"这是因为我对你的脾气还没有把握。让我试试看好吗？"

"它会咬人的。"爱丽丝小心翼翼地回答。她可不愿意让公爵夫人搂抱。

"说得很对！"公爵夫

假海龟的故事
Jia Haigui De Gushi

人说,"鹤和芥末都会咬人的。由此得出的教训是:物以类聚,人以群分。"

"不过,芥末又不是一种鸟。"爱丽丝疑惑地说。

"你又说对了。"公爵夫人说,"你把事情说得多明白啊!"

"我想,那是一种矿物吧!"爱丽丝说。

"当然啦!"公爵夫人说,好像不管爱丽丝说什么,她都要表示同意,"这附近就有个很大的芥末矿。由此得出的教训是:我所得越多,你所得越少。"

"噢,我知道了!"爱丽丝没等公爵夫人说完最后一句话就喊了起来,"芥末是一种植物。它的样子虽然不像,可它的确就是植物。"

"我完全同意你的见解,"公爵夫人说,"由此得出的教训就是:你看看像什么就是什么。如果你喜欢说得简单些，就是：永远不要把自己想象成跟别人心目中的你不一样的那种人，因为你曾经或者可能曾经是怎么样的一个人也并非不是更早以前他们认为你不是的那种人。"

"我想，要是我把你的这些话记下来，也许我会明白一些，"爱丽丝非常客气地说，"可是你这样说出来，我就完全跟不上了。"

"这不算什么，要是我愿意，我还能说得更长呢！"公爵夫人得意地说。

"请别费心说比这更长的句子了！"爱丽丝说。

"噢，别客气，这谈不上费心，"公爵夫人说，她显然没有领会爱丽丝的言外之意，"我说过的每句话都可以作为送给你的一件礼物。""多便宜的礼物！"爱丽丝想，"幸亏人们不是这样送生日礼物的！"可是她不敢把这话大声说出来。

"又在想心事啦？"公爵夫人问，她的小而尖的

假海龟的故事
Jia Haigui De Gushi

下巴又戳了爱丽丝一下。

"我有思考的权利。"爱丽丝尖锐地回答,她开始有点儿烦了。

"就像小猪有飞的权利一样,"公爵夫人说,"由此得出的哲——"

爱丽丝觉得十分诧异。因为公爵夫人的声音突然戛然而止,就连她最喜欢的哲理也没说完,而且挽住爱丽丝的那只胳膊也抖了起来。爱丽丝抬头一看,发现王后就站在她们面前,交叉着胳膊,皱着眉头,脸色阴沉得像暴风雨来临前的天色一样。

王后说:"听着,要么是你,要么是你的脑袋滚蛋!选择一样!"公爵夫人一下子就做出了选择,立刻跑得不见人影了。

"我们接着比赛吧。"王后对爱丽丝说。

爱丽丝吓得一句话也说不出来,只得慢慢地跟着王后回到槌球场。

别的客人趁王后不在，都跑到树荫下乘凉去了。他们一看到王后，连忙跑回来继续打球。王后轻描淡写地说了句："谁要是再敢有半点儿耽误，就要谁的命。"

不过玩到最后，除了国王、王后和爱丽丝外，球员都被判了死刑。士兵们也只能不当球门而去看管被判死刑的人去了。

王后问爱丽丝："你见过假海龟吗？"

"没有。"爱丽丝回答。

"那去看一下吧，它会把它的故事讲给你听。"

这时，爱丽丝听国王小声地对所有人说："你们的罪已经免了。"

爱丽丝和王后很快就碰到了鹰首狮身兽。它的身体是狮子的，头却是鹰的，并且长着鹰的翅膀。这时它正在睡觉。

"起来，你这个懒家伙！领这位小姐去看假海龟，

假海龟的故事
Jia Haigui De Gushi

让它讲讲它的故事。我去看看士兵是不是在执行死刑命令。"

鹰首狮身兽睁开眼睛看王后走远了以后才说:"多有意思呀!这只是她的想象罢了,事实上,他们从没砍过一个人的头。跟我来吧。"说完鹰首狮身兽就在前面走,爱丽丝跟在后面。

那只假海龟正坐在一个石头上,很是孤单、忧伤的样子。他们走到旁边听到它在叹气,看起来心都要碎了。爱丽丝觉得它真是可怜就问:"它为

爱丽丝漫游奇境记
Ailisi Manyou Qijing ji

什么会这么悲伤啊？"

鹰首狮身兽说："那只是它的想象罢了，其实它没有什么可悲伤的。"

鹰首狮身兽对假海龟说："这位小姐想听听你的经历，你说一下吧。"

等了好几分钟，假海龟都不开口，后来终于说了一句："很久以前，我是只真的海龟。"

说完又停了好长时间，爱丽丝差点儿没说："谢谢你讲的故事。"不过她还是忍住了。

海龟又说："小的时候，我们在海里上学，老师是个老海龟，我们叫它灵龟。"

"海龟怎么会叫灵龟呢？"

假海龟的故事
Jia Haigui De Gushi

爱丽丝问。

"真是笨死了,它不灵,能教我们吗?"假海龟说。

"这么简单的问题还用问吗?真为你感到脸红。"鹰首狮身兽说。

"我们受到的教育是最好的,我们每天都要去上学。"假海龟接着说。

"那有什么,我也每天都上学。"爱丽丝说。

"有副课吗?"假海龟急切地问。

"当然有啦,"爱丽丝说,"我们学法语和音乐。"

"还有洗衣课吗?"假海龟又问。

"当然没有!"爱丽丝生气地说。

"啊,那你们学校就不算是真正的好学校。"假海龟松了一口气,"在我们学校的课程表上,副课列在最后一项:法语、音乐、洗衣。"

"你们用不着洗衣的,"爱丽丝说,"你们住在海底。"

爱丽丝漫游奇境记
Ailisi Manyou Qijing ji

"我负担不起学洗衣的费用。"假海龟叹了口气说,"我只学普通课程。"

"那是些什么课?"爱丽丝问。

"普通课程是'夹法'(加法)、'钳法'(减法)、'丑法'(乘法)和'粗法'(除法)。"假海龟说。

"我可是没听过有丑法。"爱丽丝说。

"那你知道什么是美化吗?"鹰首狮身兽问。

爱丽丝不敢再继续讨论这个问题了。于是她转身问假海龟:"你们还学些什么?"

"我们还学'里湿'(历史),"假海龟掰着手指头数着课程,"有'古代里湿''现代里湿',还有'底里'(地理)和'涂划'(图画)。涂划老师是一条老鳗鱼,一周来一次,他教我们怎样靠爬行、伸展、旋转来涂划。"

"你们是怎样做的?"爱丽丝问。

"唉,可惜我不能做给你看了,"假海龟说,"我

103

的身体太僵硬了，鹰首狮身兽又从来没有学过。"

"那是因为我没工夫学，"鹰首狮身兽说，"不过我上过古典文学课，老师是只老螃蟹，真的。"

"我从没上过他的课，"假海龟叹了口气说，"他们说他教的是'拉钉'（拉丁文）和'稀拉'（希腊文）。"

"是啊，是啊。"鹰首狮身兽也叹口气说。然后它们都把脸埋进爪子里。

"哦，美化就是把东西弄得好看一点儿。"爱丽丝说。

"那你还不明白丑法是什么吗？真是有点儿傻。"鹰首狮身兽说。

"那你们一天上几个小时的课？"爱丽丝问。

"第一天是十个小时，第二天是九个小时。一直这样，每天少一个小时。"

"那是不是第十一天就放假了？"爱丽丝问。

"当然！"假海龟说。

假海龟的故事
Jia Haigui De Gushi

"那第十二天你们做什么?"爱丽丝又问。

"不要再说上课的事了,谈谈游戏的事吧。"鹰首狮身兽说。

Ailisi Manyou Qijing Ji

龙虾四对方阵舞
Longxia Sidui FangzhenWu

爱丽丝漫游奇境记
Ailisi Manyou Qijing ji

假海龟又叹了一口气，才讲起来："你没在海里住太久吧？知道龙虾吗？"

爱丽丝刚说："我吃过。"然后她就赶紧改口说："没有。"

"那真可惜，你一定也没看过龙虾四对方阵舞。"假海龟说。

鹰首狮身兽说："先在海边排成一排。"

"是两排。"假海龟说，"海豹和乌龟这些动物都要排好队。"

"向前进两步。"它接着说。

"每个人都有一只龙虾做舞伴。"鹰首狮身兽喊着。

"那当然！往前进两次，然后与舞伴对着跳。"

"交换龙虾，再照一样的步子向后退到原位。"鹰首狮身兽抢着说。

"接着，知道吗？你就扔——"假海龟说。

龙虾四对方阵舞
Longxia Sidui FangzhenWu

"龙虾!"鹰首狮身兽尖声喊着。

"扔到海里,越远越好!"

"再尽快游过去追它们。"鹰首狮身兽又叫了一句。

"在海里面翻个筋斗!"假海龟边说边高兴得直蹦高。

"再交换龙虾!"鹰首狮身兽就要喊破嗓子了。

"再回到地面上来。"假海龟一下静了下来,忧伤地坐在那里。

"那个舞一定好看。"爱丽丝小心地说。

"你想看看吗?"假海龟问。

"非常想看。"爱丽丝说。

"好,我们

爱丽丝漫游奇境记
Ailisi Manyou Qijing ji

就来跳跳第一节。"假海龟对鹰首狮身兽说,"你知道,没有龙虾也行。不过谁来唱呢?"

"噢,你唱吧,"鹰首狮身兽说,"我忘了歌词了。"

于是他们就围着爱丽丝,认真地跳起舞来,跳到爱丽丝跟前时,还不时踩踩她的脚指头。它们一边跳一边挥动拍子,同时假海龟缓慢而忧伤地唱起了下面的歌:

鳕鱼对蜗牛说:

"你能走快点儿吗?
有只海豚紧跟在我们后面。
它踩住了我的尾巴。
你看海龟和龙虾,
边往前跑边加快步伐。
海滩舞会说要开始啦?
你要不要一起参加?"

"谢谢你们,这舞蹈好看极了。"爱丽丝说。她感到非常高兴,因为这场舞终于跳完了:"我特别喜欢这首奇妙的有关鳕鱼的歌!"

"噢,说到鳕鱼,"假海龟说,"它们……你看见过它们吗?"

"是的,"爱丽丝回答,"我常常看见它们在饭……"她正要说饭桌上,感到不妥连忙打住不说了。

"我不知道饭是个什么地方,"假海龟说,"不过,既然你常常看到它们,你自然知道它们是什么样子了。"

"我想是的。"爱丽丝沉思着回答,"它们的尾巴塞到嘴里,身上撒满了面包屑。"

"面包屑?你一定弄错了!"假海龟说,"在海里,面包屑会被海水冲掉的。不过它们倒是的确把尾巴塞到嘴里，这是因为……"说到这里，假海龟打了个哈欠，闭上眼睛。"你把原因告诉她吧！"它对鹰首狮身兽说。

"原因是，"鹰首狮身兽说，"它们要和龙虾一道参加舞会，于是它们被扔进海里，于是它们掉到很远的地方，于是它们的嘴紧紧咬着尾巴，于是它们再也没法把尾巴拉出来了，就这么回事。"

"谢谢你，"爱丽丝说，"真有趣，以前我从来不知道那么多关于鳕鱼的事儿。"

"要是你愿意，我还可以告诉你更多呢！"鹰首狮身兽说。

"你知道它们为什么叫鳕鱼吗？"

"我从来没想过。"爱丽丝说，"为什么？"

"它们能用来擦靴子和鞋。"（"鳕鱼"在英语中的另一词义为"刷白"）鹰首狮身兽严肃地说。

爱丽丝感到莫名其妙。"擦靴子和鞋？"她疑惑

龙虾四对方阵舞
Longxia Sidui FangzhenWu

地问。

"请问,你的鞋子是怎么擦的?"鹰道狮身兽说,"我的意思是,是什么东西使你的鞋子那么发亮?"

爱丽丝低头看看自己的鞋子,想了想才回答:"我想是用黑鞋油。"

"海里的靴子和鞋,"鹰首狮身兽用低沉的声音说,"是用鳕鱼擦亮的。这下你知道了吧?"

爱丽丝漫游奇境记
Ailisi Manyou Qijing ji

"这种鞋是用什么东西做的?"爱丽丝好奇地问。

"当然是用鳎鱼和鳗鱼啦!"(英语中,"鳎鱼"的另一词义是"鞋底","鳗鱼"跟"鞋跟"谐音)鹰首狮身兽很不耐烦地回答,"随便哪只小虾都能告诉你。"

"如果我是鳕鱼,"爱丽丝说,脑子还在想着那首歌,"我会对海豚说:'离远一点儿,我们不要你跟我们在一起!'"

"它们不能不要海豚,"假海龟说,"聪明的鱼儿出去的时候没有不带上海豚的。"

"真的吗?"爱丽丝惊奇地问。

"当然啦。"假海龟说,"要是有条鱼告诉我,它要出门旅行,我就会问,海豚在哪儿?"(英语中,"海

龙虾四对方阵舞
Longxia Sidui FangzhenWu

豚"和"目的"谐音。）

"你的意思是说'目的地在哪儿'吧？"爱丽丝说。

"我怎么说就是怎么个意思。"假海龟恼火地说。鹰首狮身兽见状忙说："行啦，还是让我们听听你的那些奇遇吧！"

"我可以把我的奇遇告诉你们，从今天早上说起。"爱丽丝有点儿胆怯地说，"昨天的事儿就不用说了，因为那时候的我和现在的我是不一样的人。"

"解释清楚一点儿。"假海龟说。

"不，不！先说奇遇，"鹰首狮身兽不耐烦地说，"解释清楚太浪费时间啦。"

于是，爱丽丝就从她第一次看见白兔讲起，把自己的奇遇告诉它们。刚开始，她有点儿紧张。那两个动物挨得她那么近，一边一个，瞪大眼睛，张大嘴巴。可是讲着讲着，她的胆子就大了起来。她的两个听众一直静静地听着，直到她讲到她对毛毛虫背诵《威廉

爱丽丝漫游奇境记
Ailisi Manyou Qijing ji

爸爸你老了》，背出来的词儿全不对的时候，假海龟才长长地吁了一口气，说："这真是太奇怪了！"

"奇怪得不能再奇怪了！"鹰首狮身兽说。"背诵得全不对！"假海龟沉思着重复说，"我倒想让她现在试试，听她再背点儿什么。叫她开始吧！"它看着鹰首狮身兽，好像认为鹰首狮身兽有对爱丽丝发号施令的权威似的。

爱丽丝觉得给它们背书，真是不如回到学校去，不过她还是背了：

那是龙虾在说话：

"你们把我烤得又焦又黄，

要在我的头发胡须上加些糖。"

就如鸭子用眼皮一样，龙虾用鼻子梳妆：

弄弄腰带和纽扣，把脚向外扭。

潮退沙子晒干，它真是欢畅。

龙虾四对方阵舞
Longxia Sidui FangzhenWu

它不在乎地把鲨鱼谈讲,

可是,潮一起来,鲨鱼出现在海上,

它的声音抖得慌!

鹰首狮身兽说,这和它小时候背的全不一样,并且也听不明白。它决定和假海龟继续跳舞,可是还没跳完,就听到有人喊:"审判开始了!"

鹰首狮身兽拉起爱丽丝就跑走了。

Ailisi Manyou Qijing Ji

谁偷吃了水果馅儿饼
Shei Touchi Le Shuiguo Xian'erbing

当他们到的时候，红桃国王和红桃王后已经坐在宝座上了，四周都是动物，还有一副扑克牌。大白兔站在国王的旁边，一只手拿着一个喇叭，一只手拿着一卷羊皮纸。红桃杰克也站在那儿，只是身上锁着铁链。法庭中间是个桌子，上面有一盘馅儿饼，看起来真是很好吃，爱丽丝希望案子结束后可以把它分吃了。

爱丽丝想，那法官一定就是国王。她猜得一点儿都没错。她还觉得在石板上写字的十二个动物是陪审员，她把"陪审员"这个词在心中说了两三遍，觉得自己很了不起。像她这样大的孩子知道这个词的可不多。

"那陪审员在写什么？"她小声地问鹰首狮身兽。

"它们的名字。因为它们怕案子还没审完就把自己的名字忘记了。"

"都是些笨蛋！"爱丽丝说。她说完就住了口，因为大白兔叫了声："不要大声说话！肃静！"

谁偷吃了水果馅儿饼
Shei Touchi Le Shuiguo Xian'erbing

爱丽丝从陪审员的后面望到他们正在黑板上写"都是些笨蛋",并且有一个人连"笨"字都不会写,还在问别人。有个陪审员写字时把石板弄得很响,爱丽丝真是有点儿受不了,就走到它的后面,一下子抽

爱丽丝漫游奇境记
Ailisi Manyou Qijing ji

出它手中的笔。可怜的小陪审员（它就是大白兔家的壁儿）到处找笔也没找到，只好用手指在石板上画，其实什么也写不上。

这时国王说："传令官，宣读罪状！"

大白兔立刻吹了三声喇叭，展开羊皮卷读起来：

红桃王后，做了好吃的馅儿饼，
夏季的一天，发生了案情。

红桃杰克，偷了馅儿饼，
带走全部，一个不剩。

国王说："传第一个证人！"大白兔吹了三声喇叭，又说了一遍："传第一个证人！"

谁偷吃了水果馅儿饼

Shei Touchi Le Shuiguo Xian'erbing

上来的是帽匠,他一手拿着一杯茶,一手拿面包,"请原谅,陛下,我还没吃完茶点。"

"早就该吃完了,你是什么时候开始吃的?"国王问。

"三月十四号。"帽匠说。说完他看了看三月兔,它和睡鼠也同帽匠一起来了。

"十五号!"三月兔说。

"十六号!"睡鼠说。

"记下日期。"国王说。陪审员们赶紧在石板上写起来。

国王指着帽匠说:"把帽子拿下来。"

"它不是我的。"帽匠说。

"那就是偷来的!"陪审员把这也记了下来。

"我是帽匠,这帽子是准备卖的。"帽匠赶紧说。王后一直盯着帽匠看,帽匠很是害怕。

"拿出证据来!别紧张,要不现在就处死!"国

爱丽丝漫游奇境记
Ailisi Manyou Qijing ji

王说。

不过帽匠还是紧张，吓得把茶杯当作面包咬去了一块。

这时爱丽丝感觉自己正在慢慢地长大，旁边的睡鼠说："别挤！我都透不过气了。"

爱丽丝说："噢，我也没办法，我在长大。"

"在这儿你可是没有权利长大的。"睡鼠说。

"别胡说，你不也长大吗？"

"是的，可我是正常地长，不是以这种好笑的方式。"睡鼠说完就坐到别的地方去了。

这时，一直盯着帽匠看的王后对一位士兵说："把上次音乐会上唱歌的人的名单拿给我。"

谁偷吃了水果馅儿饼
Shei Touchi Le Shuiguo Xian'erbing

帽匠一听，真是吓得要命，立即用发抖的声音说："陛下，我很可怜，那天我还没有开始吃茶点——至多一个星期——一是因为那面包太薄了，二是因为那发光的茶——从那以后，好多的东西都开始发光。可是三月兔说……"

"我可没说过！"三月兔抢着说了一句。

"它说没说，那么你说的就不能成立。"国王说。

帽匠说："那好吧，不管怎么说，那个睡鼠说过——"说到这儿，他四处看了看，怕睡鼠也否认。可是睡鼠什么都不能说，因为它睡着了。

帽匠接着说："从那时起，我就切了很多的面包和黄油。"

"那睡鼠说了什么？"一个陪审员问。

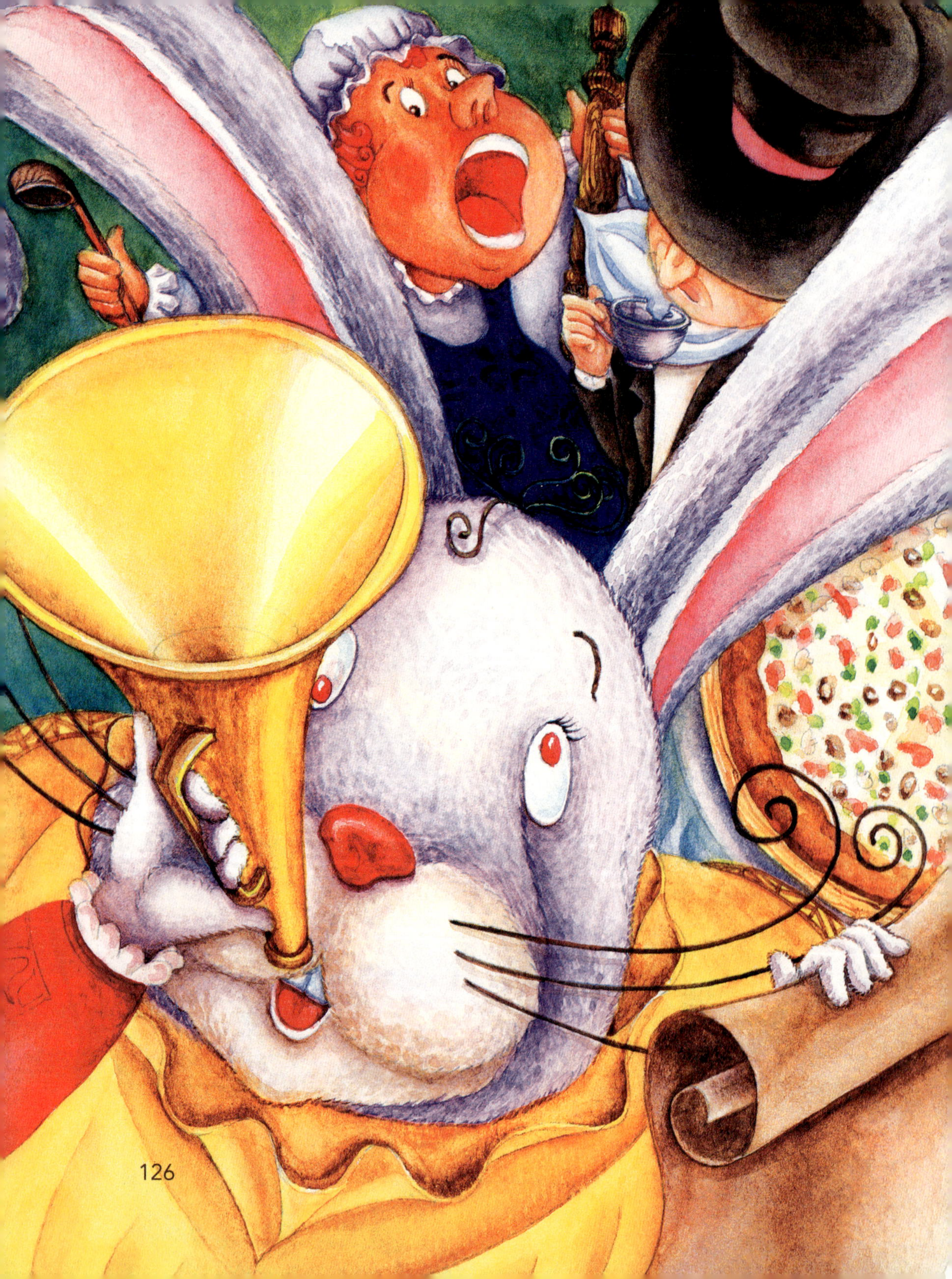

谁偷吃了水果馅儿饼
Shei Touchi Le Shuiguo Xian'erbing

"我忘了。"帽匠说。

"一定要记起来,要不我就处死你!"国王说。

"我是个可怜的人,陛下。"帽匠说。

"是啊,你是个可怜的人!"国王说。

这时,有一只豚鼠欢呼起来,不过被法警镇压下去了(方法就是法警把豚鼠的头塞到一个很大的帆布袋子中,并扎起袋口,然后坐在袋子上)。

这下爱丽丝知道什么是镇压了。她在报纸上经常读到一些拍手叫好的人被法庭官员镇压,可她一直都没明白是什么意思。

"这件事你只知道这些的话,你可以走了。"国王说。听国王这么说,帽匠赶紧离开了法庭,连鞋都没来得及穿。

爱丽丝漫游奇境记
Ailisi Manyou Qijing ji

这时王后说:"在外面把他的头砍了!"可是还没等砍头的人到门口,帽匠早已不见了。

"传下一个证人!"国王说。

下一个证人是公爵夫人的厨师,她还没进来,爱

谁偷吃了水果馅儿饼
Shei Touchi Le Shuiguo Xian'erbing

丽丝就猜到是她了,因为门外的人在她从身边走过时都在打喷嚏。

"说说你的证词。"国王说。

"不说!"厨师说。

国王着急地看了看大白兔,大白兔小声说:"这个人要反复问话,陛下。"

国王皱着眉对厨师说:"水果馅儿饼是用什么做的?"

"胡椒面!"厨师说。

这时从她背后传来一句:"用糖浆做的。"

王后尖叫起来:"砍掉那睡鼠的脑袋!掐死它,拔掉它的胡子!"

法庭立刻乱了起来。等所有人坐回原来的地方时,厨师已经不知道跑到哪去了。所以只好传第三个证人。

爱丽丝正想知道是谁,大白兔喊了一声:"爱丽丝!"真是吓了她一跳。

Ailisi Manyou Qijing Ji

爱丽丝的证词
Ailisi De Zhengci

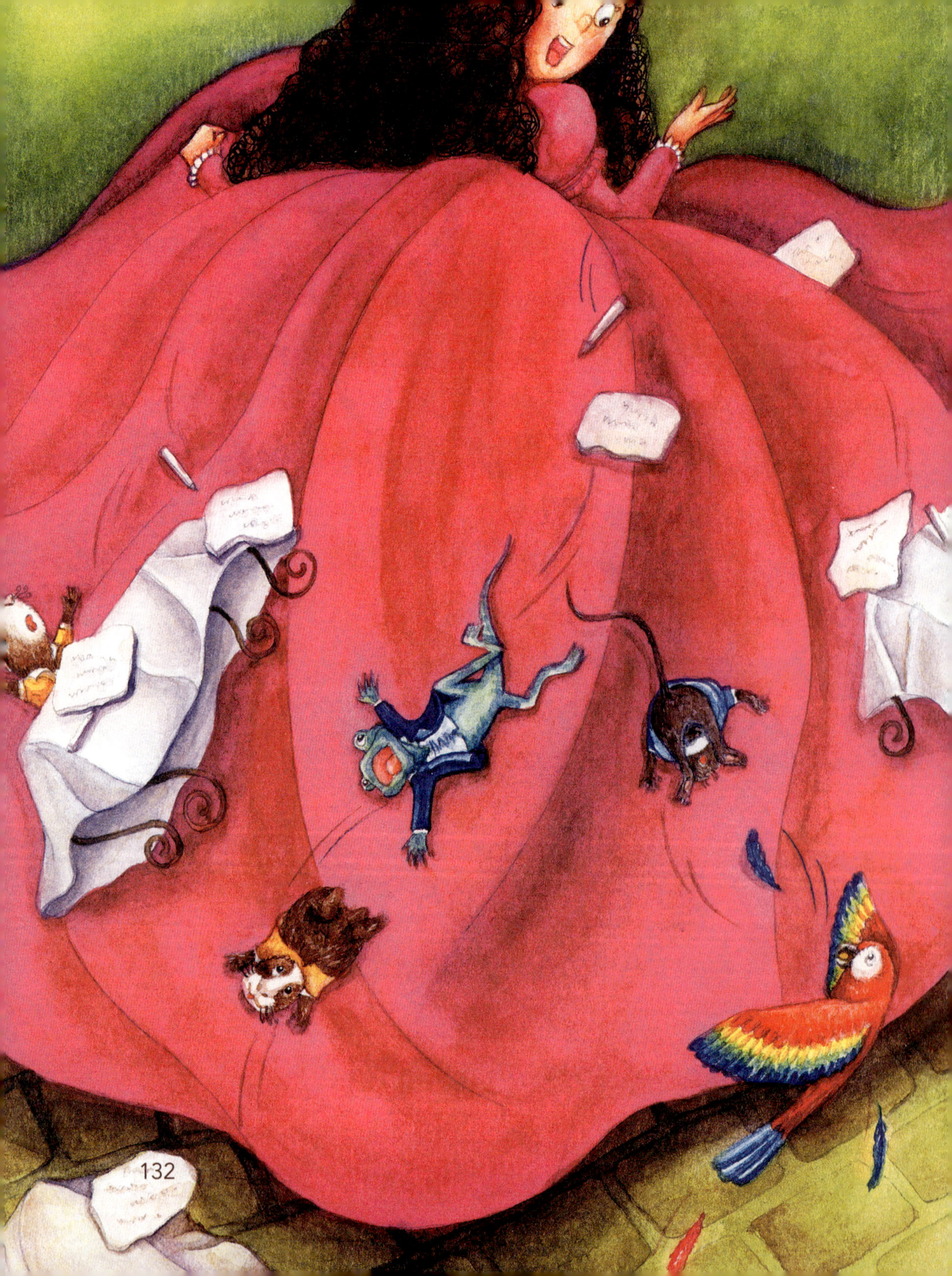

爱丽丝的证词
Ailisi De Zhengci

"到。"爱丽丝答了一句,然后急忙站了起来,可是她忘了,现在她已经长得很大了。因此,在她起来的时候,裙子把陪审员全带倒了,陪审员都砸到了下面听众的头上。陪审员在地上连滚带爬让她想起一个星期前打翻一缸金鱼的情景。

"真对不起!"爱丽丝不好意思地说,然后赶紧把它们拣起来放回陪审席。

国王宣布:"现在审判无法进行,要等陪审员回到位置上。"

爱丽丝看了一下陪审席,忙乱中她竟然把小壁虎头朝下放着,可怜的小东西一点儿都动不了,只有尾巴摆来摆去。

爱丽丝把它重新摆好,不过

爱丽丝漫游奇境记
Ailisi Manyou Qijing ji

她对自己说:"这样做也没什么必要,因为它哪头朝上在审判里的作用都是一样的。"

陪审员回到位置上后都开始写刚才发生的事。只有小壁虎没有写,正张着嘴傻傻地看着屋顶,刚才它实在是吓坏了。

"你知道这件事的经过吗?"国王问爱丽丝。

"不知道。"

"一点儿都不知道吗?"国王又问。

"什么都不知道。"爱丽丝回答。

"这句话很重要,记下来。"国王说。可是大白兔接过来说:"国王的意思是说这不要紧。"它是用尊敬的口气说的,不过说话的时候对国王使了一下眼色。

国王赶紧说:"不要紧。是的,这正是我的意思。"然后他说:"要紧——不要紧——不要紧——要紧——",好像在比较哪个词好听一点儿。

爱丽丝看到有的陪审员在写"要紧",有的在写

爱丽丝的证词
Ailisi De Zhengci

"不要紧"。她想:"怎么写无关紧要。"

国王也一直在记事本上写。过了一会儿,他看着本子读着:"第四十二条法律规定,凡身高超过一英里的,要退出法庭。"

大家都看着爱丽丝。爱丽丝说:"我没有一英里高。"

"该有两英里高了。"王后说。

"我就是不走,你的这条法律是刚才写的,不是正式的规定。"爱丽丝说。

"那是最老的一条法律了。"国王说。

"那它怎么不写在第一条?"爱丽丝说。

国王小声对陪审员说:"你们给出裁决吧。"

大白兔赶紧跳出来说:"陛下,还有别的证据。这是刚才拾到的纸。"

"那是写给谁的?"一个陪审员问。

"不知道,信封上没写。"说着大白兔打开了信,"其实是一首诗歌。"

"是不是犯人的笔迹?"一个陪审员问。

"不是的,"大白兔说,"这很是奇怪。"

"那肯定是模仿别人的字体了!"国王说。

爱丽丝的证词
Ailisi De Zhengci

"陛下,末尾没有我的签名,不能证明是我写的。"红心杰克说。

"没签名正说明你的罪行,要不为什么不诚实一点儿把名字写上呢?"国王说。这话说完,引出一阵掌声,这可是一天里国王说得最聪明的话。

"拉出去,砍了他的头!"王后立即说。

"这事能证明什么呢?你们连信的内容都还不知道。"爱丽丝说。

于是国王让大白兔念来听听,大白兔读的诗是这样的:

他们对我说,你去找过她,

并且对他说起过我这个人。

她对我评价很好,

可是说我游泳不行。

他带信说我没走

爱丽丝漫游奇境记
Ailisi Manyou Qijing ji

（我们知道确是这样），

如果她想把事情弄清楚。

那么你将怎么办？

我给她一块，他们给他两块，

你给我们三块或都更多点儿，

他们把给他的都给了你。

虽然它们开始都是我的。

如果我或她，

竟卷到这事情里，

他请你救他们，

就像我们过去一样。

我的看法是你一直

（在她这次发火前）

是一个障碍

横在他和我们和它之间。

爱丽丝的证词
Ailisi De Zhengci

不要让他知道她最爱他们。

因为这事永远是秘密。

对其他人都不能说,

只有我们两个人知道。

国王搓着双手说:"这是最重要的证词,现在就让陪审员——"

"如果他们能说说这诗是什么意思,我给他六块钱。我可不认为这里有一点点意思。"爱丽丝说(在这几分钟里,她已经长得很高大了,所以她一点儿都不怕国王了)。

陪审员都在石板上写:"她认为这里没有一点儿意思。"可是没人去说这诗的意思。

"如果里面没什么意思,就省事了,我们也不需要找出意思,并且我不懂。"国王看了一下诗接着说,"好像也能看出点儿意思来——'说我游泳不行'——也就是说你不会游泳是不是?"他问红心杰克。

杰克说:"陛下看我像是会水的吗?"(当然不会了,他只是纸片做的扑克牌)

"好,这句'我们知道确是这样'说的是陪审员',
'我给她一块,他们给他两块'这肯定说的就是偷馅儿饼了!"

"可是下面写的却是'他们把给他的都给了你'?"爱丽丝说。

"啊,对了,它们就在这儿。"国王指着馅儿饼说。"哪有比这更明白的呢?还有'在她发火之前'，亲爱的，我想你可是从没发过火吧？"国王问王后。

"从来没有！"王后生气地大声喊，并把墨水瓶朝小壁虎砸去（小壁虎用手指在石板上写没写出字迹，正好就用从脸上流下来的墨水写了）。

国王对陪审员说："提出你们的裁决吧。"

"不要，要先定罪，后裁决。"王后说。

爱丽丝大声说："胡说！哪有先定罪的！"

"砍掉她的头！"王后生气地说。

"我可不怕你！你不过是纸牌！"爱丽丝说（现在她已经是原来的高度了）。

这时只见一副扑克牌一起飞到了空中，然后落到她的身上，爱丽丝尖叫了一声，正想把

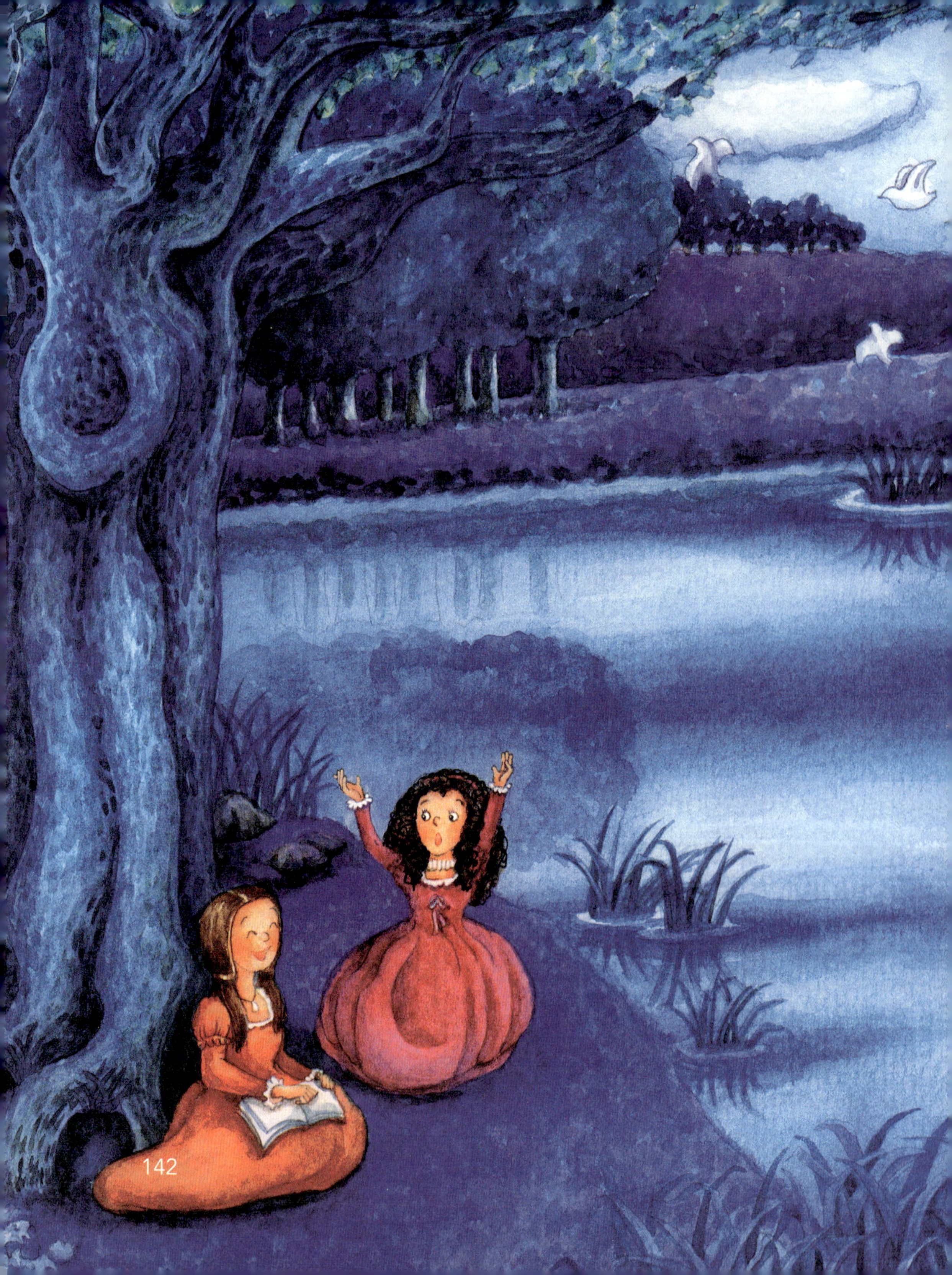

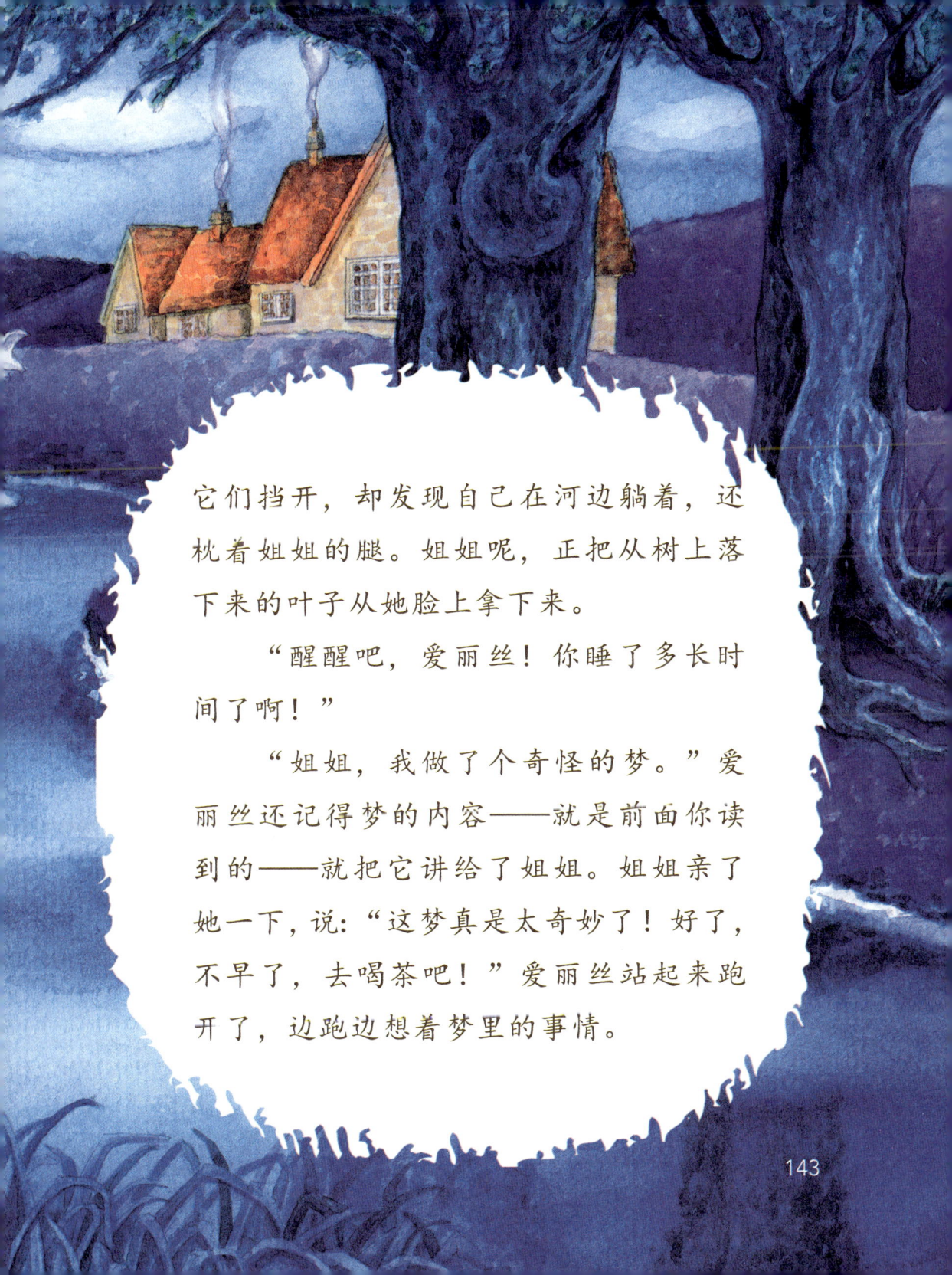

它们挡开，却发现自己在河边躺着，还枕着姐姐的腿。姐姐呢，正把从树上落下来的叶子从她脸上拿下来。

"醒醒吧，爱丽丝！你睡了多长时间了啊！"

"姐姐，我做了个奇怪的梦。"爱丽丝还记得梦的内容——就是前面你读到的——就把它讲给了姐姐。姐姐亲了她一下，说："这梦真是太奇妙了！好了，不早了，去喝茶吧！"爱丽丝站起来跑开了，边跑边想着梦里的事情。

爱丽丝漫游奇境记
Ailisi Manyou Qijing ji

爱丽丝走后,姐姐边看着正落山的太阳,边想着爱丽丝的梦,后来她也做了同样的梦。

首先,她梦见了小爱丽丝——一双小手紧抱住膝盖,明亮的目光热切地仰视着她。她清楚地听见小爱丽丝的声音,看见她迷人地把头轻轻一扬,把晃动着的、老是跑到她眼睛里去的头发甩到后面。她听着、听着,周围的环境跟她小妹妹梦中的情景一样,一切都活跃起来。

白兔从她身边匆匆跑过时,脚下的蒿草沙沙作响……受惊的老鼠从附近的池塘跑过时,溅起一片水花……三月兔正和他的朋友们共享着那顿没完没了的茶点,茶杯碰得叮当响……她还听见疯狂的王后命令砍掉她那些倒霉的客人的头时发出的尖叫声,听到了猪孩子在公爵夫人腿上打喷嚏和周围盘碟的碎裂声,听到了鹰首狮身兽的尖叫声、壁虎在石板上写字的吱吱声、被制止的豚鼠的喘息声。所有这些声音都弥

爱丽丝的证词
Ailisi De Zhengci

漫在空气中，还混杂着远处愁苦的假海龟那悲哀的啜泣声。

她就这么坐着，闭着眼睛，恍恍惚惚几乎相信自己已身处奇境。尽管她知道，自己只是重温了一个旧梦，只要她把眼睛一睁，一切又会回到单调乏味的现实世界：蒿草也会沙沙作响，但只是因为被风吹着；池塘里也会泛起波纹、发出潺潺的溅水声，但只是因为芦苇的摆动；茶杯的碰撞声会变成羊颈上的铃铛声；王后的尖叫声会变成牧童的吆喝声；还有猪孩子的喷嚏声、鹰首狮身兽的怪叫声，以及其他一切稀奇古怪的声音，都会变成乡村里农忙时节的各种喧闹声；而远处耕牛的哞哞叫声会取代假海龟那沉重的啜泣声。

语文园地

我知道了

1. 《爱丽丝漫游奇境记》不是一般化地描写惩恶扬善，而是向读者揭示了世间事物的复杂多变以及多种观念的相对性。例如：在兔洞里，爱丽丝变小时够不到桌上的钥匙，突然长高时，宽大的房子却装不下她的身体，可见大与小是相对的概念，比较之中才有意义。

2. 《爱丽丝漫游奇境记》是1862年卡罗尔兴之所致，给友人罗宾逊的7岁女儿爱丽丝所讲的故事，于1865年正式出版。1871年又出版了姐妹篇《爱丽丝镜中奇遇记》。两部童话风靡全世界，开启了英国儿童文学的黄金时代，成为19世纪颇具影响力的荒诞小说。

阅读拓展

1. 读完了这本书，你能把爱丽丝的故事复述给爸爸妈妈听吗？

2. 爱丽丝在法庭上和国王有过一番激烈的争辩。请你试着扮演爱丽丝，请爸爸妈妈扮演国王，共同表演一下爱丽丝在法庭上的争辩吧。

3. 选择书中你最喜欢的一首儿童诗，有感情地进行朗读表演。

4. 看完这本书，你还可以推荐给你的同学，把这本书改编为儿童剧，组织同学们排练，在学校文艺演出的时候，演给大家看。

5. 如果第二天爱丽丝又做了一个梦，你会怎样续写爱丽丝变大又变小的故事呢？不妨写写看。